사랑을 나는
너에게서 배웠는데

사랑을 나는
너에게서 배웠는데

—
허
수
경
이

사
랑
한

시

ㄴㄴ > < ㄷㄴ

시집이 팔리지 않는 세상이라고들 하지요. 그런데 시집이 잘 팔린 시대가 있었는지요. 우리 전 시대 시인들은 자비로 시집을 출판하곤 했지요. 독일도 사정은 다르지 않았습니다. 하이네가 처음 시집을 내었을 때도 자비로, 몇 권 찍지도 않았어요. 물론 그때는 종잇값도 비쌌고 인쇄비도 비싼 시대이기도 했지만요. 그러니 시집이 잘 팔리고 안 팔리고 하는 것과 시의 자리가 좁아지거나 넓어지거나 하는 것과는 아무 상관이 없는 것 같아요.

현대시는 특별한 정치적인 사건과 관련되지 않으면 언제

나 마니아들의 것이었지요. 제가 처음 시라는 것을 썼을 때 가난, 막막한 불안, 정치적인 굴곡 등등을 주제로 했었지요. 그때 시를 쓴다는 것, 시를 읽는다는 것은 큰 용기와 위안을 주었어요. 몇 개의 문장으로 어떤 아우라가 눈앞으로 다가오는 신기함! 초라한 삶에 갑자기 다가오는 아름다움 앞에서 절감하는 즐거움! 파울 첼란이라는 시인은 우리보다 훨씬 고난이 많은 시대를 산 시인이지요. 유대인으로 독일군에 의해 수용소에 끌려가 강제 노역을 하다가 가까스로 살아남은 그가, 독일어로 파리에서 시를 쓴 일을 생각하면 우리는 상대적으로 좋은 여건에서 시를 쓰고 있다고 생각합니다.

언젠가 독일 뮌헨 근처의 다하우라는 곳에 있는 유대인 수용소를 방문한 적이 있습니다. 그곳에 수용된 젊은이들 가운데 그 캄캄한 시간을 시를 쓰면서 견뎌낸 분들이 많더군요. 남겨진 시를 읽으며 그분들에게 시는 무엇이었을까 싶더군요. 그 무서운 세월을 견디는 형식은 아니었을지. 페르난두 페소아도 이런 말을 한 적이 있어요. "나는 포르투갈어로 시를 쓰지 않는다. 나는 나로 시를 쓴다." 이렇듯 오늘날 시인으로 산다는 건 스스로 저만의 어떤 삶의 형식을 택하는 일

같습니다. 물론 어떤 삶인지는 시인마다 다르겠지만요. 시인이 되기를 원하는 분들이 많다는 것은 우리 시대에 제 삶의 형식을 자기 식대로 선택하겠다는 분들이 많다는 뜻이 아닐까요?

저에게 시란 더이상 물러설 수 없는 삶의 내용입니다. 그리고 저에게 시인은 탄생과 탄생을 거듭하다가 어느 날 폭발해버리는 존재입니다. 그런 의미에서 시를 쓰고 시를 읽는 제 마음가짐은 언제나 같습니다. 한 편의 시가 쓰일 때마다 새 언어, 새 목소리가 나와야 한다는 생각이지요. 그렇지만 그건 뜻대로 되지 않습니다. 오직 제가 저를 계속 베껴 쓰는 일만은 없기를 바랍니다.

아마도 이 글은 이런 시와 이런 시인들에 대한 저의 개인적인 사랑 고백이 될 것 같습니다. 그리고 그것은 이들의 시를 읽을 수 있는 영광의 시간에 대한 찬가이기도 할 것입니다. 특히나 저는 우리 젊은 시인들을 참 좋아합니다. 제가 썼던, 혹은 쓰는 시와는 전혀 다른 시를 쓰는 비범한 시인들이 많아서 행복합니다.

제가 살던 곳, 벗들이 있는 곳⋯⋯ 그곳의 많은 선배, 더 많은 후배.

몹시 그립습니다.

2009년 1월 11일

허수경

* 2009년 1월 19일부터 한국일보 〈시로 여는 아침〉의 연재를 맡게 된 시인이 그 시작에 앞서 담당 기자에게 적어 보낸 글의 일부를 이 자리를 빌려 가져왔다.

차례 ————————

나는 다만 이들을
나의 사랑하는 시인들로 기억한다.

The Last Train

— 오장환

저무는 역두에서 너를 보냇다.

비애야!

개찰구에는

못쓰는 차표와 함께 찍힌 청춘의 조각이 흐터저잇고

병든 역사가 화물차에 실리여간다.

대합실에 남은 사람은

아즉도

누걸 기둘러

나는 이곳에서 카인을 맛나면

목노하 울리라

거북이여! 느릿느릿 추억을 실고 가거라

슬픔으로 통하는 모든 노선이

너의 등에는 지도처럼 펼처잇다

─────────────── 1930년대 청춘과의 결별은 이렇게 추억된다. 저무는 역두에서 떠나보낸 1930년대의 청춘. 청춘은 못 쓰는 차표와 같고 역두에 청춘을 버려둔 채 화물차는 병든 역사만을 싣고 떠났다. 오장환은 1930년대 식민지에서 청춘을 떠나보낸 풍경을 이렇게 노래했다. 그리고 징글맞았을 청춘의 끝에서 오장환이라는 한 식민지 청년이 형제처럼 느낀 존재는 다름 아닌 카인. 동생을 죽인 인류 최초의 형제 살인자라는 딱지가 붙어 있는 구약 속의 인물에게 그는 왜 친근함을 느꼈을까. 바로 징글징글했던 청춘 때문은 아니었을까? 청춘을 보내면서 자신에게 그리고 타인에게 못할 짓을 해보지 않은 분들, 드물 것이다. 더구나 식민지에서 보낸 청춘은 얼마나 많은 오열과 모욕을 짊어졌을까. 그리고 거북, 그 등딱지에 "슬픔으로 통하는 모든 노선"이 새겨진 거북에게 식민지 청년 시인 오장환은 말한다. 느릿느릿 추억을 싣고 가거라, 라고. 거북의 등딱지에 새겨진 슬픔 노선. 고독한, 아득한 그리고 아름다움의 치통을 실은 청춘, 잘 가라.

감자에 싹이 나서 잎이 나서,

— 유형진

식탁 위에 싹 자란 감자 하나. 옆에는 오래전 흘린 알 수 없는
국물 눈물처럼 말라 있다 멍든 무릎 같은 감자는 가장 얾은 눈에
서부터 싹이 자란다 싹은 보라색 뿔이 되어 빈방에 상처를 낸다

어느 날 내 머릿속 얾은 눈이 저렇게 싹을 틔운다면? 감자에
싹이 나서 잎이 나서, 보자기는 가위를 가위는 바위를 바위는 보
자기를 이기지 못하지 숨바꼭질 술래를 정하면서 아이들은 삶
의 부조리를 배운다 무궁화꽃이 아무리 피어도 술래는 움직이
지 못한다 얼마나 오래된 것들을 저장해야 저렇게 동그래질까?
추억은 때로 독이 되어서 요리할 때는 반드시 잘라내야 한다 싹
이 틀 때 감자는 얼마나 아플까 감자에 싹이 나서 잎이 나서,

──────────── 이 시는 둥글다. 제목을 읽고 나서 시의 앞머리를 읽고 마지막을 읽은 뒤 다시 시 앞머리로 돌아가면 둥그렇게 맞물리는 시. 이 둥근 시의 중심에는 둥근 감자가 있다. 싹이 나고 잎이 나는 감자. 그런데 감자 싹은 독이다. 오래된 추억을 떠올리는 자는 요리를 할 때 그 추억을 잘라 낸다. 독이 되기 때문이다. 어린 시절 고무줄놀이나 사방치기나 실뜨기를 할 때 부르던 노래들이 갑자기 생의 지금으로 불려나와 노래를 시로 만드는 순간, 노래들이 얼마나 뼛속 깊이 우리들의 추억을 저장해놓는지 감탄하게 된다. 하지만 추억은 시작도 끝도 없는 공간 속에 싹과 잎이 나서 끝내는 잘려야 하는 것. 추억을 저리도 오래 저장한 한 인간은 감자처럼 얼마나 아플까.

강우降雨

— 김춘수

조금 전까지는 거기 있었는데

어디로 갔나,

밥상은 차려놓고 어디로 갔나,

넙치지지미 맵싸한 냄새가

코를 맵싸하게 하는데

어디로 갔나,

이 사람이 갑자기 왜 말이 없나,

내 목소리는 메아리가 되어

되돌아온다.

내 목소리만 내 귀에 들린다.

이 사람 어디 가서 잠시 누웠나,

옆구리 담괴가 다시 도졌나, 아니 아니

이번에는 그게 아닌가보다.

한 뼘 두 뼘 어둠을 적시며 비가 온다.

혹시나 하고 나는 밖을 기웃거린다.

나는 풀이 죽는다.

빗발은 한 치 앞을 못 보게 한다.

왠지 느닷없이 그렇게 퍼붓는다.

지금은 어쩔 수 없다고,

─────────── 우리 곁을 떠나신 김춘수 선생님의 시를 읽
는데 이 시를 선생님에게 되돌려 읽어드리고 싶다는 생각이
문득 들었다. 갑자기 누군가가 이 지상에서 사라질 때 누군
들 그 사실을 있는 그대로 받아들일 수 있을까. 갑자기 내 곁
에서 사라진, 언제나 내 곁에 있었던 당신을 생각하며 비를
바라보는 마음이 참으로 서럽다. 언제나 옆에 있었기에 앞으
로도 그럴 것이라고 생각했는데, 세상에 추적추적 비가 오는
데, 당신은 돌아오지 않는다. 저녁밥을 차리는 냄새가 나는
데, 당신은 없다. 언제나 부엌에서 엉거주춤 서서 상을 준비
하던 사람, 내 사람, 조금 전까지 내 곁에 있었던 사람, 내 사
람. 언제나 곁에 있겠거니 했던 사람이 아주 돌아올 수 없는
저편에 있을 때 살아생전 함께 나누었던 일상은 거대한 구
멍이 되어 살아 있는 자를 옥죈다. 비는 오는데 그는 내 곁
에 없고 날은 저문다. 사랑하는 자를 잃고야 사랑의 자리를
보게 되는 인간사의 한 장면을 그려내신 김춘수 선생님께
이 시를 되돌려드린다.

고생대 마을

: 사북

— 안현미

해발 855m 푯말 꽂힌 추전역에 내려 나의 '폭풍의 언덕'을 찾아갈 때, 그때 그 고갯마루에서는 바람을 불러 어떤 힘을 주물럭주물럭 만들고 있는 풍차 같은 사내도 있었을 테지만 내가 사로잡힌 건 풍차도 바람도 아니고 그걸 품고 기른 5억 8000만 년 된 막장의 어둠이었어 그러니까 내가 찾아가는 건 '폭풍의 언덕'이 아니라 '폭풍의 무덤'이었던 거지 컹컹 사납게 울부짖는 어둠 속에서 남인수를 좋아하던 아버지 검은 얼굴로 돌아와 유독 가스 탐지를 위해 탄광 속에 둔 카나리아처럼 노래 부를 때 나는 아버지의 희망의 카나리아였는지도 몰라 5억 8000만 년 된 어둠의 고생대 검은 석탄을 캐낼 때 나 아버지가 얼마나 두려웠는지, 어두웠는지 이해하지 못하는 카나리아였지 나 이제 아버지 무덤 앞에서 중얼거리지 아버지 그 두려움을, 불꽃 같은 어둠을 아버지라 생각하기로 했어요 그렇게 생각하면 결국 두려움도, 어둠도 피붙이 같겠지요

'한때는 산업전사라 불렸고 또 한때는 폭도라 불렸던' 우리들
의 아버지!

———————— 고생대, 그 컴컴한 어둠 속에서 석탄을 캐어내던 아버지들. 남인수의 노래를 좋아하고 카나리아와 사랑하는 딸을 두고 있던 어떤 아버지. 5억 8000만 년이라는 엄청난 세월이 누적해놓은 기억을 파내면서 일상의 먹이를 벌던 눈물겨운 아버지들. 지상에 머무는 시간이 그리 길지 않은 우리에게 아버지는 무엇이었을까? 나의 아버지는 이십여 년 전에 세상을 떠나갔다. 이국에 살면서 마흔 중반으로 접어든 나는 감기만 걸려도 아버지의 장례를 치르던 그날이 생각난다. 안현미 시인은 유독 가스 탐지를 위해 탄광 속에 두었던 새가 자신이 아닐지, 라고 묻는다. 그 물음 뒤에 시인은 그 두려움을, 불꽃 같은 어둠을 피붙이같이 여기리라고 적는다. 그렇지 않았을까? 불우한 세월을 겪은 부모를 둔 우리가 그 어려운 세월을 떠올릴 때, 그때마다 떠오르는 한없이 어두운 아버지의 얼굴, 혹은 전 세대의 얼굴. 애증으로 뒤얽힌 심정으로 그 세대를 바라보면 나 역시 어느 날 뒤 세대에게 애증의 빛과 그림자를 주리라는 생각을 한다. 그리고 그 뒤에 그림자를 드리우며 떠오르는 막막한 세월, 그 세월의 내용을 논리적으로 해석할 수 없는 우리들의 불우가 자식이라는 불우이자 행복일 것이다.

고향

— 김종삼

예수는 어떻게 살아갔으며

어떻게 죽었을까

죽을 때엔 뭐라고 하였을까

흘러가는 요단의 물결과

하늘나라가 그의 고향이었을까 철따라

옮아다니는 고운 소릴 내릴 줄 아는

새들이었을까

저물어가는 잔잔한 물결이었을까

──────────── 얼마 전 요르단에서 살고 있는 팔레스타인 출신의 친구가 왔다. 그의 부모는 팔레스타인에서 요르단으로 삶의 터전을 옮길 수밖에 없었고 그는 요르단에서 태어났다. 그가 말했다. 죽음 후의 세계가 진짜 있을까? 나는 있다고 믿어. 저렇게 어린 아이들이 군인이 되어 총을 서로 겨누다가 반짝하는 순간에 죽는 걸 보면 너무 억울하지 않아? 죽음 후의 세계가 없다면 저 아이들이 너무 가엾지 않아? 친구는 저 아이들이라고 말했을 뿐이었다. 이스라엘, 혹은 팔레스타인을 구별하지 않았다. 가자로 향하는 이스라엘 비행기들이 실은 것이 폭탄이 아니라 잘 쪄낸 찐빵이었으면 좋겠다. 이스라엘로 향하는 하마스의 폭탄이 까삼 로켓이 아니라 솜이 잘 든 따뜻한 베개였으면 좋겠다. 당신은 나에게 정말 순진하다고 말할 것이다. 얼마나 오래된 분쟁인데 그런 순진한 희망이 끼일 자리가 있겠는가, 라고. 그러면 나는 당신에게 말할 것이다. 당신은 무슨 다른 방법이 있느냐고.

과일가게 앞에서

— 박재삼

사랑하는 사람아,

네 맑은 눈

고운 볼을

나는 오래 볼 수가 없다.

한정없이 말을 자꾸 걸어오는

그 수다를 당할 수가 없다.

나이 들면 부끄러운 것,

네 살냄새에 홀려

살연애戀愛나 생각하는

그 죄를 그대로 지고 갈 수가 없다.

저 수박덩이처럼 그냥은

둥글 도리가 없고

저 참외처럼 그냥은

달콤할 도리가 없는,

이 복잡하고도 아픈 짐을

사랑하는 사람아

나는 여기 부려놓고 갈까 한다

—————————— 겨울밤 골목, 아직도 불이 환히 켜져 있는 과일가게. 투명한 비닐 천막 저편에 쌓여 있는 과일들을 무작정 들여다본 적이 있다. 나는 가끔 과일가게는 천국의 재현이라는 생각을 한다. 달고도 신 향기. 붉고, 노랗고, 푸른 빛깔들 앞에서 삶은 갑자기 소란스러워지고 화려해지고 달콤해진다. 밤 골목에서 갑자기 일어나는 설렘의 바람에 취하여 모든 것에 희망이 보이고 초라하던 것들이 따뜻한 모습으로 뒤바뀐다. 골목에 쌓여 있는 연탄재도 다정해 보이고 그 옆에 버려진 밥찌꺼기도 아련해 보인다. 과일 몇 개를 골라 집으로 돌아와서 둥근 그것들을 (열매들은 거의 다 둥글다. 달걀도 씨앗도 그렇다. 생명의 가장 완벽한 형태!) 식탁 위에 올려두고 텔레비전을 켜두고 얼마간 가만히 앉아 있어본다. 사랑과 배신의 드라마가 나오고 시어머니에게 구박당하는 며느리가 화면 안에서 통곡을 하는 드라마를 보면서도 어쩐지 마음은 환해지는 느낌. 우리는 저 과일들처럼 완벽하지 않다. 당신도 나도, 불완전한 삶을 짐처럼 낑낑 지고 메고 오늘도 일을 하고 다시 집으로 돌아온 것이다. 혹 당신은 남몰래 마음속에만 숨겨두고 가끔 곁눈질로 바라보고 하는 사람이 있는가? 연분홍의 사랑에 속을 끓이며 슬그머니 손이라도

잡아보고 싶은 사람이 있는가? 이 시의 마음으로 밤 골목의
과일가게 앞에서 그 사람의 얼굴을 떠올려본 적이 있는가?
만일 그렇다면 나는 당신이 부럽다. 과일처럼 완벽한 마음의
사랑을 당신은 지니고 있으므로.

국화꽃 그늘을 빌려

— 장석남

국화꽃 그늘을 빌려

살다 갔구나 가을은

젖은 눈으로 며칠을 살다가

갔구나

국화꽃 무늬로 언

첫 살얼음

또한 그러한 삶들

있거늘

눈썹달이거나 혹은

그 뒤에 숨긴 내

어여쁜 애인들이거나

모든

너나 나나의

마음 그늘을 빌려서 잠시

살다가 가는 것들

있거늘

───────── 장석남 시인의 말 아끼기. 문학평론가 신형철은 장석남이 얼마나 비밀을 잘 다룰 줄 아는 시인인가, 라고 감탄한 적이 있다. 이때 비밀이란 다시 신형철의 글을 빌려 말하자면 "얼굴의 반만을 드러낸 여인처럼 절반만 말해진 비밀"이다. 장석남 시의 매력은 말을 아끼면서 말을 널널하게 열어두는 데 있다. 그는 말을 아끼는데 그의 적은 말들은 마치 우주의 비밀을 열 것처럼 진하고 깊이 울린다. "국화꽃 그늘을 빌려" "젖은 눈으로" 살다가 간 가을. 그리고 "국화꽃 무늬로 언 첫 살얼음"으로 들어서는 겨울. 이 시를 읽고 또 읽으면서 삶은 얼마나 비밀하며 삶의 비밀을 드러내는 일은 얼마나 조심스러운지 생각하게 된다. 장석남 시인이 조심스럽게 전해주는 비밀은 "눈썹달이거나 혹은 그 뒤에 숨긴 내 어여쁜 애인들"처럼 애잔하고 소소하다. 그리고 "너나 나 나의 마음 그늘을 빌려서" 잠시 살다가 가는 것이 우리들의 생이라고 말한다. 이 매력적인 삶에 대한 단상은 국화꽃 그늘에 숨어 있는 아릿한 아름다움 속에 서 있다. 그 서늘하고도 말할 수 없는 애잔함의 자리 속에.

그대 영혼의 살림집에

— 최승자

그대 영혼의 살림집에
아직 불기가 남아 있는지
그대의 아궁이와 굴뚝에
아직 연기가 피어오르고 있는지

잡탕 찌개백반이며 꿀꿀이죽인
나의 사랑 한 사발을 들고서,
그대 아직 연명하고 계신지
그대 문간을 조심히 두드려봅니다.

————————   세상에나, 그 옛날, 그렇게 너, 그렇게 뜨거웠니?라고 나는 친구에게 말했다. 이층에서 그 사람의 어머니가 바닥으로 뜨거운 물을 붓는데도 꼼짝하지 않고 그 사람을 기다리다니. 우리 아들하고 만나지 마, 우리 아들은 종손이야, 라고 월급 60만 원을 받으며 강사 생활을 하던 학원으로 애인의 어머니가 찾아와 다짜고짜 반말부터 하는데도 그의 얼굴만을 생각했다던 친구는 이렇게 말했다. 그 사람, 키가 작아서 사람들 사이에 끼어 있으면 보이지도 않아. 어느 날 상사에게 뺨을 얻어맞고는 말하더라. 너 때문에 참았다, 다 집어던지는 건데. 우리 죽지 말고 콱 같이 살아버리자…… 그런데도 헤어진 두 사람. 왜? 사랑은 뭔가요? (신파조로 말하자면 그렇다는 겁니다. 이 세계의 저속함에 대항해서 싸우시는 분들, 더 발랄한 표현이 있다면 알려주세요.) 모든 당신에게 이 시의 순간을 바칩니다.

그에게는 많은 손목시계가 있다

— 류인서

그에게는 참으로 많은 손목시계가 있다

그의 손목은 시간을 잡아당기는 무거운 구리 문고리

그의 손목에서는 숨가쁜 말굽 소리가 났다

그의 손목에서는 매일 노오란 해바라기꽃이 피었다 졌다

신생의 아이들이 바구니 속에서 울어 보채는 동안

화분의 제라늄이 비릿한 비염의 코를 베어내는 동안

그는 얼룩진 매트리스를 창문으로 끌어내 마구 두들겨패고
있다

여자보다 더 많은 수의 시계가 그의 손목 안팎으로 꽃피며 지
나갔다

그는 참 많은 일을 겪었다 어두운 골목에서 느닷없는 사랑의
복면도 만났다 여우와 신포도도 보았다 깨진 무릎으로 찾아가

는 아주 낡고 오래된 모서리도 보았다

　그가 흰 사슴을 보았을 때 날카로운 꼬챙이가 그의 눈을 찌르
기 위해 달려들었다

　그는 허공에 대고 정신없이 팔을 휘둘렀다 손목에 주렁주렁
매달린 시계들을 잠재우지 않으려

　한때 그에게 단단히 손목 잡혀 있던 시간들이 이제 그의 손목
을 되잡아 끌고 어디론가 가고 있다

─────────── 당신은 일생 동안 몇 개의 손목시계를 지녔
는가. 요즘이야 시계가 흔하디흔하지만 내 어린 시절 손목시
계는 그리 흔한 물건이 아니었다. 첫 손목시계를 나는 고등
학교 입학 선물로 받았다. 그리고 그후 어디를 가더라도 손
목시계를 차고 다녔다. 어디 나쁜일까. 그 손목시계를 차고
집에서 거리로 직장으로 그리고 상갓집과 돌 잔칫집과 결혼
식장을 우리는 돌아다녔다. 그러나 사랑의 순간과 결별의 순
간을 가령, 밤 열시 삼십이분 사십오초, 라는 식으로 우리는
고정할 수 없었다. 그리고 어느 순간 우리는 어느 시간에 태
어나서 또 어느 시간에 죽음으로 들어가는 것을 깨닫는다. 탄
생의 순간에도 누군가는 우리를 위해 시계를 보았고 죽음으
로 들어갈 때도 그럴 것이다. 그런 생각이 들 때면 이 세계에
존재하는 모든 시계가 무서워진다. 정확하게 기계적으로 인
간의 시간을 알려주는 시계. 시간과 시간 사이에서 쩔쩔매면
서 삶의 모든 굽이를 넘어가는 우리. 자신의 시간을 절대로
해독하지 못하는 우리.

꽃

―파울 첼란

그 돌.

내가 뒤따라갔던 공기 속의 그 돌.

너의 눈, 마치 그 돌처럼 그렇게 멀어버린.

우리는

손들이었지,

우리는 바닥이 드러날 때까지 어둠을 퍼냈고, 우리는

여름을 돌아서 온 말을 발견했지:

꽃.

꽃―어느 눈먼 이의 말.

너의 눈과 나의 눈:

그 두 눈이

물을 주었지.

자라남.

가슴벽과 가슴벽마다

이파리들이 더해졌지.

이렇게, 한 마디 더, 그리고 종추들이

공기 속에서 흔들거리네.

——————— 파울 첼란(1920~1970)의 시는 흔히 '비의의 서정시'라고 불린다. 루마니아 출신 유대인이어서 유대인 수용소에서 강제 노역을 했고, 파리에서 살았고, 그곳에서 결국 자살을 했지만 시는 독일어로 썼다는, 그래서 전후 독일 시인 가운데 가장 빛나는 업적을 남겼다는 그의 전기를 우리가 잊어버린다면 이 시는 여유롭게 모든 해석이 가능해진다. 시의 행과 행 사이에는 단어들만 존재한다. 그 단어들이 뿜어내는 향기만이 존재한다. 흔들린다. 공중에서. 그냥 은은히 흔들리며 그 공명을 공기 속에 줄 뿐이다. 그리고 너의 눈과 나의 눈은 꽃을 피우기 위하여 물을 준다. "내가 뒤따라갔던 공기 속의 그 돌", 그건 아마도 어느 아침에 당신이 일어날 때 아무 이유 없이 눈앞에 떠오르는, 아무 이유도 없이 그저 눈앞에 어른거리는 그 무엇일지도 모른다. 유유히 공중에 떠 있는 시어 사이에 흔들거리는 당신의 존재, 그것 자체일지도 모른다. 첼란의 언어는 꼭꼭 씹어서 천천히 넘겨야 하는 불안한 위장병을 가진 이들의 언어이다.

꿈

— 염명순

꿈에 돌아가신 아버지가 보이고 나면

어김없이 아프다

아버지 왜 이렇게 먼 곳까지 오셨어요

아버지의 쓸쓸한 생애는

부산 근교 함경남도 단천 동산에 묻히셨어요

애야, 고향도 떠나왔는데 어딘들 못 가겠느냐

꿈을 불어로 꾼 날은 슬프다

다시는 시를 못 쓸 것 같다는 생각이 든다

아픈 꿈의 머리맡에서 누가

이마를 짚어주는 듯했는데

밥 많이 먹으라는 언니의

안부전화가 걸려왔다

———————— 이국에서 사는 많은 사람은 이방의 말로 꿈을 꾼 적이 있을 것이다. 환율이 미친 듯 오르고 고국에서 들려오는 소식들이 밝지만은 않을 때, 이국에 두고 온 가족들도 편치 않을 때, 심지어 꿈을 이국의 말로 꾸다니. 돌아가신 아버지가 나타나 고향을 떠나왔는데 어딘들 못 가겠느냐고 묻는다면? 그 꿈을 되새김질하면서 새벽에 문을 여는 이국의 빵가게에 가서 빵을 살 때, 아직 잠에서 덜 깬 빵가게 아가씨가 내가 이국어로 주문한 빵 이름조차 이해하지 못할 때, 나는 유목민으로 살아가는 삶을 벗어던지고 싶었다. 더 마음이 어려워질 때는 꿈속에서 내가 이국말을 하는 게 아니라 문맹이었던 외할머니가 이국말로 돼지에게 먹이를 줄 때이다. 그때면 정말 왜 이곳에서 사는가, 질문을 했다. 나는 모른다. 고향을 떠나갔던 그 수많은 사람이 고향을 성지聖地처럼 그리워하지만 끝내 못 가듯 일상은 고향보다 더 막막하고 집어치우고 싶은 성지라는 사실을.

나뭇잎 배

— 박홍근

낮에 놀다 두고 온
나뭇잎 배는
엄마 곁에 누워도
생각이 나요.
푸른 달과 흰 구름
둥실 떠가는
연못에서 사알살
떠다니겠지.

연못에다 띄워 논
나뭇잎 배는
엄마 곁에 누워도
생각이 나요.
살랑살랑 바람에

소곤거리는

갈잎 새를 혼자서

떠다니겠지.

——————————— 이 노래를 얼마나 오랫동안 얼마나 자주 불렀던가. 아침에 일어나서 버스를 타면서 버스에서 내려 강의실로 가면서, 수업을 마치고 나와 점심을 먹으러 학교 식당으로 가는 길에, 그리고 하루를 마치고 다시 집으로 돌아가는 버스를 탔을 때, 하지만 이 노래를 가장 오래 그리고 길게 음미했던 건 이불 속에 누워 있을 때였다. 밤이 깊도록 잠이 들지 않을 때, 바깥에서는 가을 폭풍으로 나무들이 거친 소리를 낼 때, 그리고 감기라도 들어 열이 나고 땀이 비 오듯 쏟아질 때, 누군가 내 옆에 앉아 나직이 이 노래를 불러주기도 했고 나 역시 그 노래를 따라 부르기도 했다. 누구일까, 아플 때 슬플 때 내 옆에 앉아서 혹은 누워서 이 노래를 들려주던 이는. 그리고 낮에 놀다 두고 온 나뭇잎 배, 그 배는 아직도 연못을 떠다닐까, 아님 쓸려갔을까. 내 마음속에서는 언제나 두둥실 떠다니는 나뭇잎 배.

낙타와 낙타풀

— 송재학

　세상의 모든 낙타들은 다 길들여졌으나 고비 사막 어딘가 야생 낙타가 남아 있다고 한다 신기루 따라 걷는 야생 낙타는 타박타박, 그 소리는 사막 아래의 지하수 물이 우는 소리와 비슷하다 한때 이곳이 바다였듯이 내가 물고기라면 검은 아가미가 가만가만 열리고 닫히는 소리와 다르지 않을 것이다 낙타가 먹는 소소초라는 풀, 사막의 먹을거리란 뻔한데 그마저 가시가 있는 낙타풀, 다른 짐승이 얼씬도 못하게 심술이 닿은 소소초의 운명은 고비 사막이 자꾸 넓어지는 것과 닮았다 소소초 안에도 모래와 자갈뿐인 사막이 있어 타박타박 야생 낙타가 걸어가고 물고기였던 나는 화석으로 발견되곤 한다 소소초를 씹을 때 낙타의 입은 가시 땜에 피가 홍건하지만, 내 육신은 막 떨어지는 해를 떠받치지 못해 피곤하다

────────── 이 시의 탄생지는 생명의 물기란 물기는 다 말려내는 사막. 사막이 고난에 뒤덮힌 삶을 상징하는 것은 아주 익숙한 상징이다. 하지만 사막에 자라는 소소초, 경단 초라고도 불리우는 이 풀은 사막을 건너는 낙타들이 좋아한 다고 한다. 이 풀에는 가시가 많아서 씹는 낙타의 입에는 피 가 가득 고인다고 한다. 그러니 소소초는 시의 제국이 발견 한 삶의 고난, 그 상징의 극도가 아닌가 싶다. 소소초 말고는 아무런 양식이 없는 사막을 건너는 낙타의 위장과 입을 피로 물들이는 풀! 더구나 이 풀은 자신의 영토란 영토는 다 사막 으로 바꾼다. 살아간다는 일은 사막을 넓혀가기도 하는 것. 사는 것 자체가 사막의 어머니인 것. 한 존재가 존재의 연장 을 가능하게 하는 양식을 넘기며 피를 흘린다면 삶은 얼마나 살벌한 터전인가. 언젠가는 바다였던 사막의 현장을 바라보 는 시인은 그 안에 남아 있는 물고기의 화석. 장구한 세월 속 에서 자연과 삶은 이렇게 뒤엉키며 사막을 만들어낸다. 장엄 사막.

눈물

— 김현승

더러는

옥토에 떨어지는 작은 생명이고저……

흠도 티도,

금 가지 않은

나의 전체는 오직 이뿐!

더욱 값진 것으로

들이라 하올 제,

나의 가장 나아종 지니인 것도 오직 이뿐!

아름다운 나무의 꽃이 시듦을 보시고

열매를 맺게 하신 당신은,

나의 웃음을 만드신 후에

새로이 나의 눈물을 지어 주시다.

——————— "나의 가장 나아종 지니인 것"은 무엇인지, 지난주 멀리 타국에서 참 많이 그런 생각을 했다. 다들 그런 생각들 하시면서 주말을 보내셨을 것이다. 한 인간이 스스로 목숨을 놓을 때, 그가 누구이든 마지막으로 하는 생각은 "나의 가장 나아종 지니인 것"에 대한 깊은 명상은 아닐까. 고인이 "오래된 생각"이라고 유서에 적었듯이. 우리에게 너무나 잘 알려진 김현승 선생님의 시 「눈물」을 여러분에게 다시 읽어드리고 싶은 것은 그런 마음 때문이다. 이 시는 "나의 가장 나아종 지니인 것"은 '눈물'뿐이라고 한다. 웃음은 먼저, 그다음 눈물, 그리고 그 눈물은 "옥토에 떨어지는 작은 생명"을 위해 있다고 이 시는 말한다. 당대의 비극을 함께 겪다가 다들 집으로 돌아가서 혼자가 될 때, 광장에서 실어온 울분은 이렇게 작은 시 한 편이 될 수도 있겠다. 혼자 나서 혼자 가는 거 아닌가 하지만 우리 모두는 옥토에 떨어진, 혹은 떨어지는, 그리고 떨어질 작은 생명 아닌가.

들

— 안토니오 마차도

저녁은 죽음으로 들어가네,
항복하면서 꺼져가는 화덕처럼.

저기, 산들 위에,
몇몇의 잉걸만이 머물고 있네.

그리고 하얀 길 위에 꺾인 저 나무는
연민 앞에서 흐느끼네.

상처 난 둥지에 붙어 있는 두 개의 가지, 그리고
가지에 달려 있는 검고도 바랜 잎 하나.

그대여 우는가? 아득한 저편 황금빛 포플러나무 사이에는,
사랑의 그늘이 그대를 기다리고 있다오.

방랑자여, 그대의 흔적들만이

길이지, 그것 외에는 아무것도 아니라오.

방랑자여, 길은 없다네,

길은 가면서 다만 생겨나는 거지.

가면서 생겨나는 길,

돌아보오, 좁은 길이 보일 터, 다시는

그대가 디딜 수 없는 그 길이.

방랑자여 길은 없다네,

다만 바다를 지나가는 포말일 뿐이라네.

———————— 안토니오 마차도(1875~1939)는 스페인 시인이다. 그는 공화당을 지지하다 공화당이 패하자 프랑스로 망명길에 오른다. 프랑스 국경을 몇 킬로미터 앞에 두고 그는 쇠진해서 죽었다고 한다. 그를 동행하던 어머니는 아들이 죽고 난 사흘 뒤에 아들의 뒤를 이었다. 단순하나 아름다운 언어로 카스티야 지방의 자연을 노래한 것으로 유명한 이 시인은 그 당시 스페인의 정치 역사에 찢겨 죽음에 이른다. 20세기가 낳았던 많은 시인의 비극적인 죽음에는 정치 역사의 비극이 자주 들어 있다. 자신의 흔적으로 길을 만들고 그 길이 지워진 것을 목격했던 시인이 어찌 마차도뿐이랴. 카스티야 지방의 들을 노래하면서 결국은 20세기 인간의 운명을 노래했던 이 시인의 시를 읽으며 시인과 정치, 시인과 사회, 그리고 시인으로서 감당해야 하는 굴욕과 영광을 생각한다. 굴욕은 미천한 정치사가 안겨준 것이지만 영광은 시인의 고향이 안겨준 것이다. 석양이 내리는 고향의 들판에서 부르는 노래, 이 노래 속에 시인이 가질 수 있는 영광의 시간이 고스란히 들어 있음을 알겠다.

로렐라이

— 하인리히 하이네

왜 이렇게 슬픈지
나는 모르겠네
옛날부터 전해오는 한 이야기가
머릿속을 떠나지 않네.

공기는 차갑고 어두운데
라인강은 고요히 흐르네
산꼭대기는 저녁 햇빛 속에
반짝거리네.

곱디고운 처녀가
저 위에 놀라웁게 앉아 있네
그녀의 황금빛 장신구는 빛나고
처녀는 황금빛 머리칼을 빗고 있네.

황금 빗으로 머리칼을 빗으며
그녀는 노래를 부르네
노래 속에 든 이상하고도
마음을 뒤흔드는 멜로디.

멜로디는 작은 배를 탄 뱃사람을
거친 슬픔으로 휘어잡았네
그는 암초를 바라보지 않고
오로지 위를 올려다보았네.

내가 알기로는 마침내 물결이
뱃사람과 배를 삼켜버렸다네
로렐라이가 부른 노래가
그렇게 했다고 하네.

────────────── 중학교 때 〈로렐라이〉라는 노래를 잔디밭에 누워 '동무'들과 함께 부르곤 했다. (그때는 소위 '북괴'의 말이라 하여 동무를 동무라고 부르는 것도 금지되던 시대였다.) 독일로 와서 이 낭만적인 노래의 가사가 하이네의 시라는 것을 알게 되었다. 그는 유대인으로 19세기를 유럽에서 살았다. 기독교로 개종한 자신과 싸움을 벌이면서, 그리고 지독한 두통에 시달리면서, 그는 독일에서 죽지 않고 파리에서 죽었다. 독일의 한 문학평론가는 하이네가 없었더라면 독일인들은 다르게 말을 하고 다르게 생각하며 다르게 한숨을 내쉬고 다르게 웃었을 것이라고 했다. 히틀러의 나치 정권이 들어서고 인종 청소가 시작되면서 유대인들이 쓴 책들을 불살랐을 때 이 시가 들어 있는 하이네의 시집도 공개적으로 불태워졌다. 그러나 나치마저도 이 노래는 금지하지 못했다고 한다. 하이네 연구가들 사이에서도 이 시에 들어 있는 진의가 무엇인지 논란이 있다. 이루지 못한 사촌 여동생에 대한 사랑? 유럽사회에서 박해를 받으며 끝내 좌초해가는 유대인들의 운명? 이모든 해석을 위한 시도도 좋다. 하지만 내 마음속에 든 로렐라이는 동무들과 잔디밭에 누워 흘러가는 구름을 보면서 노래를 함께 부르던 그 순간에 새겨져 있다.

마늘밭 가에서

— 안도현

비가 뚝 그치자

마늘밭에 햇볕이 내려옵니다

마늘순이 한 뼘씩 쑥쑥 자랍니다

나는 밭 가에 쪼그리고 앉아

땅속 깊은 곳에서

마늘이 얼마나 통통하게 여물었는지 생각합니다

때가 오면

혀 끝을 알알하게 쏘고 말

삼겹살에도 쌈 싸서 먹고

장아찌도 될 마늘들이

세상을 꽉 껴안고 굵어가는 것을 생각합니다

───────── 지금까지 발견된 최고로 오래된 고대문자인 수메르어로 쓰인 행정문서에는 다양한 종류의 파와 마늘이 나온다. 여러 문서에는 그 수확량 등을 적어두었다. 그들이 적어둔 파와 마늘의 종류도 많아서 지금 우리에게는 잊힌 이름도 상당하다. 수메르인들도 마늘을 먹었던 것이다. 우리역시 마늘을 좋아하는 행운을 가진 사람들이다. 건강에 좋다는 마늘. 하지만 마늘은 단순한 먹을거리에 그치지 않는다. 안도현 시인의 마늘밭에 대한 시를 보라. 마늘밭 가에 쪼그리고 앉은 시인이 마늘에게 드리는 시. 생으로 씹으면 입안을 알알하게 만드는 그 여리고도 단단한 땅의 자식. 마늘밭가에 앉아 땅속에서 여물어가는 것과 땅 바깥에서 허물어져가는 세상을 생각하는 시간, 그 시간 속에서 길러낸 말. 그 말이 불안하게 들리는 것은 어쩌면 우리들이 오랫동안 마늘밭을 잊었기 때문인지도 모르겠다. 마늘 수확철이 다가온다.

마음의 그림자

— 최하림

　가을이 와서 오래된 램프에 불을 붙인다 작은 할머니가 가만
가만 복도를 지나가고 개들이 컹컹컹 짖고 구부러진 언덕으로
바람이 빠르게 스쳐간다 이파리들이 날린다 모든 것이 지난해
와 다름없이 진행되었으나 다른 것이 없지는 않았다 헛간에 물
이 새고 울타리 싸리들이 더 붉어 보였다

—————— 마음이라는 단어처럼 번역하기 어려운 단어는 없다. 영어로도 독어로도 그 어떤 언어로도 마음이라는 단어는 적확하게 번역되지 않는다. 복잡다단한 말, 마음. 그 마음이라는 단어에 그림자라는 단어를 붙여놓으면? 저렇게 선연한 순간이 잡힌다. 가을이 왔고, 오래된 램프에 불을 켰고, 시인은 소리를 듣는다. 작은 할머니가 복도를 지나가는 소리, 개들이 짖는 소리, 바람과 바람에 스쳐가는 이파리들. 그리고 시인은 생각한다. 지난해와 다른 것은 별로 없지. 하지만 한두 가지 다른 것, "헛간에 물이 새고 울타리 싸리들이 더 붉어 보"이는 것, 지난해보다 더 붉어 보이는 울타리 싸리! 그 작고도 미세한 차이는 번역되기 힘든 우리말 가운데 하나인 마음이 잡아내는 것이다. 그냥 마음이 아니라 마음의 그림자가 잡아내는 것이다. 아니면 마음에 그림자가 드리워져서 그런 차이가 선명하게, 그리고 사라질 듯 아련하게 잡히는 것이다. 마음이라는 궁극, 우리가 일생 동안 지니고 살다가 어느 순간 놓아버리는 그것.

먼 후일後日

― 김소월

먼 훗날 당신이 찾으시면
그때에 내 말이 '잊었노라'

당신이 속으로 나무라면
'무척 그리다가 잊었노라'

그래도 당신이 나무라면
'믿기지 않아서 잊었노라'

오늘도 어제도 아니 잊고
먼 훗날 그때에 '잊었노라'

─────────── 김소월의 시를 놓는다. 김소월이 생전에 남긴 단 한 권의 시집 첫머리에 놓인 시이다. 청년 시인이었으며 영원한 시인인 그가 먼 후일을 노래할 때 이렇게 잊었는가 아닌가가 문제다. 마치 청년 햄릿이 사는가 죽는가, 그것이 문제이다, 라고 한 것처럼 잊는다, 라는 영원한 먹장이 문제이다. 아니다. "오늘도 어제도 아니 잊고" 당신이 물으시는 그 "먼 훗날 그때에" 잊었으니 아무것도 아무도 잊힌 것은 없는지도 모른다. 가까이 있었다면 우리들의 시인 김소월의 시를 모두와 함께 읽고 싶다. 그의 시들은 노래로도 많이 만들어져 있으니 깊어가는 가을밤에 같이 앉아 노래로 불러도 좋을 것 같다. 「개여울」이나 「초혼」이나 「나는 세상모르고 살았노라」 같은 시를 노래하고 싶다. 잊지 않겠노라 같은 서러운 맹세를 소녀처럼 하면서. 그러나 멀리 있어 따뜻한 술 한 잔 나눌 길이 없으니 안타까울 뿐이다.

모란이 피기까지는

― 김영랑

모란이 피기까지는

나는 아직 나의 봄을 기다리고 있을 테요

모란이 뚝뚝 떨어져버린 날

나는 비로소 봄을 여읜 설움에 잠길 테요

오월 어느 날, 그 하루 무덥던 날

떨어져 누운 꽃잎마저 시들어버리고는

천지에 모란은 자취도 없어지고

뻗쳐오르던 내 보람 서운케 무너졌느니

모란이 지고 말면 그뿐, 내 한 해는 다 가고 말아

삼백예순 날 하냥 섭섭해 우웁내다

모란이 피기까지는

나는 아직 기다리고 있을 테요, 찬란한 슬픔의 봄을

——————— 봄꽃이 피는 순간도 갑자기 한꺼번에 오지
만 봄꽃이 지는 순간도 갑자기 한꺼번에 온다. 봄꽃을 기다
리는 마음이 간절할수록 봄꽃이 피어 있는 순간 역시 찰나
같다. 일 년의 사계에는 많은 축제가 있지만 나는 봄꽃놀이
축제를 제일로 사랑한다. 축제를 즐기는 것도 너무나 좋지만
축제 뒤의 쓸쓸함이 어떤 때는 더 좋다. 김영랑의 이 시는 봄
이 깊어지는 계절이면 누구나 한 번쯤은 읊어보았을 시이다.
모란이 피었을 때보다 지는 것을 보는 순간 더더욱 생각이
날 시이다. "찬란한 슬픔의 봄"이라고 시인이 말하는 순간,
우리는 깊은 즐거움이 비애로 바뀌는 순간을, 그 비애를 자
각하는 인간이 일상의 꽃을 불멸하는 미학의 꽃으로 순화시
키는 순간을 맞이하게 된다. 이미 고전이 된 많은 시는 우리
가 시인이었던 일생의 어느 순간을 상기하게 한다. 모란이
지는 날 찬란한 슬픔의 봄을 노래하며 어느 꽃그늘 아래에서
울었던 기억, 당신은 없는가?

무밭에 서서
: 평창을 돌다가 1

— 최문자

깊은 산에 와서도 산보다

무밭에 서 있는 게 좋아

푸른 술 다 마시고도 흰 이빨 드러내지 않는

깊은 밤의 고요

그 목소리 없는 무청이 좋아

깨끗한 새벽

저 잎으로 문지르면

신음소리 내며 흘러내릴 것 같은 속살

밤마다 잎에다 달빛이 일 저질러놓고 달아나도

그때마다 흙속으로 하얗게 내려가는

무의 그 흰 몸이 좋아

땅속에 백지 한 장 감추고 있는 그 심성도 좋아

달빛이 놓고 간 편지 한 장 들고

무작정 애를 배는 대책 없는 미혼모 같은

배 불러오는 무청의 둥근 배가 좋아

무밭을 걷는 게 좋아

내 정강이 툭툭 건드릴 때 좋아

뽑으면 쑤욱 뽑힐 것 같은

철없는 그 사랑이 좋아

─────────── 무밭에 서서 땅속에서 튼실해져가는 무를 생각하기. 무 한 개로 만들 수 있는 음식은 얼마나 많은가. 무채, 뭇국, 무를 채썰어 밥을 지어도 좋고 절여서 김치를 만들어도 든든하다. 그러니 깊은 산에 자리한 무밭 가에 서서 무를 생각하는 일은 얼마나 가슴 벅차오르는 일일까. 깊은 산에 무밭이 있으니 그 밭의 무는 시인이 표현한 대로 이렇듯 귀엽지 않을까. "깊은 밤의 고요"는 "푸른 술 다 마시고도 흰 이빨"을 드러내지 않고, "목소리 없는 무청"으로 깊은 산은 무밭을 감싸고 있는데 쑥쑥 자라나는 무의 흰 속살. 산속 밤이 깊어갈수록 무잎에 고인 달빛은 짙어가고 무밭을 산책하는 한 인간의 마음은 갑자기 "철없는 그 사랑"에 취할 것처럼 자유롭다. 나는 이 시를 읽으며 정말 깊은 산에 자리잡은 무밭을 거니는 듯 즐거웠고 유쾌했으며 내 마음의 발은 가벼웠다. 아린 무의 속살을 베어문 듯 저렇게 싱싱한 삶의 순간이 있다니.

물과 빛이 끝나는 곳에서

— 이성복

　물과 빛이 끝나는 곳에서 종일 바람이 불어 거기 아픈 사람들이 모래집을 짓고 해 지면 놀던 아이들을 불러 추운 밥을 먹이다

　잠결에 그들이 벌린 손은 그리움을 따라가다 벌레먹은 나뭇잎이 되고 아직도 썩어가는 한쪽 다리가 평상 위에 걸쳐 누워 햇빛을 그리워하다

　물과 빛이 끝나는 곳에서 아직도 나는 그들을 그리워하다 발갛게 타오르는 곤충들의 겹눈에 붙들리고, 불을 켜지 않은 한 세월이 녹슨 자전거를 타고 철망 속으로 들어가다

　물과 빛이 닿지 않는 곳에서 사람들의 얼굴은 벌레먹은 그리움이다 그들의 입속에 남은 물이 유일하게 빛나다

──────────── 고백하건대 이성복 선생의 시를 읽을 때만큼 시를 쓰고 싶은 때가 없다. 좋은 시는 독자에게 시를 쓰고 싶게 만든다. 위의 시는 『남해 금산』이라는 선생의 두번째 시집에 들어 있다. 내가 가지고 있는 『남해 금산』은 7쇄, 1989년도에 서점으로 나온 것이다. 그때 나는 이 시집을 일금 2,000원을 주고 샀다. 아마도 광화문이나 종로에 있는 큰 서점에서 샀을 것이다. 시내를 걷다가 낯선 서울 생활에 지쳐서, 울분에 뒤척거리다가, 혹은 이런저런 시사時事에 시달리다가 우연히 들어간 큰 서점 시집 코너에 꽂혀 있던 이 시집을 나는 내 일생의 어떤 서랍 안으로 데리고 왔다. 「치욕의 시적 변용」이라는 김현 선생님의 해설이 붙어 있었다. 아, 그때 김현 선생님은 우리 곁에 계셨다! "물과 빛이 끝나는 곳"에서는 어떤 일이 벌어질까. 감각과 감각이 가리키는 손가락 끝에서 나온 듯한 이 시 속에서 생애의 치욕이 감각으로 내면화될 때 우리는 "벌레먹은 그리움"의 얼굴을 하고 있다. 나에게는 저녁 등이 명멸해가는 서울 한복판 거리에서 이 시를 읽으며 울었던 기억이 있다. 그때 나는 사실, 읽은 것이 아니라 이 시 속에서 살고 있었다.

바람에 날려가다

—밥 딜런

사람은 얼마나 많은 길을 가야

사람이라고 불릴까?

얼마나 많은 바다를 하얀 비둘기는 날아가야

모래 속에서 잠들 수 있을까?

얼마나 수없이 폭탄이 날아가야

폭탄은 영원히 금지될 수 있을까?

친구여, 대답은 바람과 함께 흩날리네

답은 바람 속에 날려가네

얼마나 오랜 세월을 산은 존재해야

바다로 씻겨 갈 수 있을까?

얼마나 많은 세월을 살아야

어떤 사람들은 자유로워질 수 있을까?

얼마나 자주 고개를 돌려야

그런 건 보지 않았노라 할 수 있을까?

친구여, 대답은 바람과 함께 흩날리네

답은 바람 속에 날려가네

얼마나 자주 올려다봐야

사람들은 하늘을 볼까?

얼마나 많은 귀를 가지고 있어야

사람들이 우는 것을 알아차릴 수 있을까?

얼마나 많은 이가 죽어나가야

너무 많은 사람이 희생되었다는 것을 알 수 있을까?

친구여, 대답은 바람과 함께 흩날리네

답은 바람 속에 날려가네

──────────── 밥 딜런이 이 노래를 만든 것은 1962년이
니 벌써 오랜 세월이 흘렀다. 하지만 모든 좋은 텍스트가 그
런 것처럼 이 노래는 지금까지 유효하고 앞으로도 오랜 세월
동안 유효할 것이다. '시로 여는 아침'에 웬 팝송 가사를? 이
라고 물으시는 분들에게 2000년대 초반 밥 딜런이 노벨문
학상 후보로 추천된 적이 있다는 사실을 상기시켜 드리고 싶
다. (결국 2016년 밥 딜런은 노벨문학상을 수상했다.) 미국 비
트 세대의 대표적 시인으로 「울부짖음」이라는 장시로 유명
한 앨런 긴즈버그와 영문학자 고든 볼이 주도한 캠페인을 통
해서였다고 한다. 다시 한번 60년대를 상기해보면 그 시기
는 냉전 시대였다. 미국에서는 젊은 대통령 케네디가 당선되
었고 제3차세계대전으로 발전하지 않을까 우려되던 쿠바사
태에다 케네디 암살, 인종문제, 시민권리운동, 베트남전쟁
등등 몇몇 정치적인 사태만 열거해보아도 지금과 그때가 그
리 달라지지 않았다는 것을 우리는 쉽게 알게 된다. 얼마나
긴 세월 동안 얼마나 많은 것을 우리는 겪어야 이 노래 가사
속에 든 진실 앞에서 고개를 숙이게 될까? 그 답은 정말 바람
속에 날려간 것일까?

반지 속의 여자

— 정은숙

스무 살, 서울로 떠나는 내게

경제 비상용으로 끼워진 금반지

그 용도를 찾지 못해 오랫동안 머물렀네.

젊음이 상처가 되는 밤마다

손수건 대신 눈물 닦아주던 손가락의 반지

그마저 위로가 절로 되던 둥근 해 같은

눈물이 닿은 손가락은 더 뻑뻑하게 조여왔네.

구애의 반지 그 위에 새로 끼워졌지만

빛을 잃은 그 반지 뽑혀지지 않았지.

부끄러워 입을 가린 사진 속에서

선명하게 떠오르네, 그 반지

서른 살, 손가락 마디가 굵어져

빼어볼 수 없어 언제나 같이 있네.

새벽에 문득 깨어나 부은 손가락 만지면

그 손가락 살을 누르며 존재를

빛내주던 그것,

십 년 동안 변함없이 머물렀던

생의 하사품, 추억의 금빛 물결

이제 온전히 내 것이라고 할 수도 없는

반지 속의 나날이여.

———————— 고향을 떠나온 많은 사람이 고향의 기억과 함께 지참하는 것이 경제 비상용 반지이다. 나 역시 그런 반지 하나를 끼고 독일로 왔다. 그 반지를 들고서 전당포에 차마 들어가지는 못하고 그 앞을 서성거린 기억이 있다. 이 시에 나오는 것처럼 둥근 해 같은 반지는 나에게 많은 위로를 주었다. 나이가 들수록 굵어지는 손마디 때문에 나 역시 반지가 빠지지 않아서 어느 날은 비누를 손가락에 잔뜩 칠하고 반지를 빼내었다. 그러고 이상한 일, 반지가 손가락에서 쑥 빠져나오자 반지를 끼고 살았던 시절이 반지가 되어 내 눈앞에 나타났다는 거! 울고 싶은 심정으로 반지를 바라보았다. 반지를 끼고 지냈던 시간만큼 나이가 든 얼굴도 반지 안에 들어 있었다. 나는 다시 반지를 손가락에 억지로 밀어넣었다. 아직 반지 속의 나날과 이별하고 싶지 않았던 것이다. 정은숙 시인이 말하는 "생의 하사품, 추억의 금빛 물결"과 정말, 정말로 아직은 이별하고 싶지 않았던 것이다. 그때 이 시가 생각났다.

밤

— 두보

이슬 내린 높은 하늘, 가을 기운 맑아

빈 산 고독한 밤, 나그네 마음 놀라라

등잔 쓸쓸한 외로운 돛배의 숙소

초승달 걸린 저녁에 다듬이 소리

남녘 국화를 재회하고 병으로 누웠는데

북쪽 편지는 오지 않나니 기러기 무정해라

처마밑 거닐며 견우 북두를 바라본다

은하수는 멀리 봉성에 닿았으리

─────────── 두보의 칠언율시 가운데 하나이다. 이 우수에 가득찬 시를 읽으며 두보의 전기를 들여다보니 과연 그의 우수는 그냥 나온 게 아니었다. 청년 시절에는 벼슬을 꿈꾸는 서생으로, 인생의 후반은 전란을 피하여 가솔을 이끌고 중국 서남지방 일대를 떠돌아다니면서 그의 우수는 쌓여갔음을 짐작할 수 있다. "외로운 돛배의 숙소" "남녘 국화를 재회하고 병으로" 누운 두보는 그리도 북쪽에서 오는 편지를 기다렸나보다. 가을밤 타향을 떠도는 한 인간의 심사는 중세에도 근대에도 그리고 현대에도 달라지지 않아서 마음은 흔들리고 안개 같은 우수에 젖어드는데 꼭 기다릴 그 무엇이 있는 게 아니라 다만 마음에 기다리는 그 무엇을 항상 가지고 있는 것이어서 가을밤이면 별은 더 차갑고 또렷한 느낌이다. 타국에서 고향에 두고 온 벗들을 그려본다. 우수는 떠도는 영혼을 감싸주는 물기 같은 것. 오늘도 밤하늘에는 두보의 기러기 같은 비행기가 날고, 두보의 우수는 세월을 넘어 우리의 가을을 안아준다.

버들치

― 차창룡

얼음은 죽어가면서

밤새 노래부르더니

열린 어항 속에서

버들치로 되살아난다

버들치는 맛이 없다

투명하다

뼈가 들여다보인다

슬픔을 엑스레이로 촬영한

버들치의 영해에

상처난 발 넣었더니

슬픔의 뼈 뚫고 나온

버들치 입

버들치는

상처가 무슨 집인 줄 알고

상처의 문인

딱지를 뗀다

——————— 거의 투명한 작은 민물고기, 버들치. 일급
수에서만 살아 버들치가 나타나면 물이 깨끗하다는 증거라
는 이 작은 물고기. 뼈까지 훤히 들여다보이는 버들치. "슬픔
을 엑스레이로 촬영한" 이 작은 몸을 가진 자연. 죽어가면서
노래를 부르는 얼음이 버들치로 되살아나는데 시인은 그 훤
한 물고기의 몸을 보면서 "슬픔의 뼈"를 생각한다. 이 "슬픔
의 뼈"는 얼마나 여릴까? 개울에서 버들치를 잡던 어린 시절
의 발목뼈처럼 여리지는 않을까? 어린 시절부터 지금까지
살아오면서 우리가 지은 상처의 집, 그 문을 발목뼈처럼 여
린 버들치가 건드린다. 발목에 찬 개울물이 감겨올 때처럼
상쾌하고 아리다. 이 작은 자연이 맛이 없어서 다행이다. 그
렇지 않았으면 우린 그 여린 슬픔에다 고추장을 풀어 끓여서
훌훌 마셨으리라. 슬픔의 환한 뼈가 맛이 없어서 우리는 오
래 그 상처를 들여다볼 기회가 있는 것일지도 모른다.

부빈다는 것
: 도장골 시편

— 김신용

안개가

나뭇잎에 몸을 부빈다

몸을 부빌 때마다 나뭇잎에는 물방울들이 맺힌다

맺힌 물방울들은 후두둑 후둑 제 무게에 겨운 비 듣는 소리를
낸다

안개는, 자신이 지운 모든 것들에게 그렇게 스며들어

물방울을 맺히게 하고, 맺힌 물방울들은

이슬처럼, 나뭇잎들의 얼굴을 맑게 씻어준다

안개와

나뭇잎이 연주하는, 그 물방울들의 화음,

강아지가

제 어미의 털 속에 얼굴을 부비듯

무게가

무게에게 몸 포개는, 그 불가항력의

표면장력,

나뭇잎에 물방울이 맺힐 때마다, 제 몸 풀어 자신을 지우는

안개,

그 안개의 입자들

부빈다는 것

이렇게 무게가 무게에게 짐 지우지 않는 것

나무의 그늘이 나무에게 등 기대지 않듯이

그 그늘이 그림자들을 쉬게 하듯이

───────── 타인의 등에다 얼굴을 부비기, 나는 언제 마지막으로 했던가. 서로에게 짐 지우지 않고 가만가만 닿을 듯 말 듯 그렇게 타인에게 느슨하게 나를 기대고 있는 것. 우리들은 안개가 아니라서 "제 몸 풀어 자신을 지우"지는 못하지만 타인이 내 무게를 가만가만 받아내는 것을 살포시 느끼는 순간, 내가 마치 그대의 어깨를 가만가만 만져주는 자연의 안개가 된 듯 어떤 아우라가 된 듯싶은 순간, 그 순간에 나는 갑자기 가벼워지고 자유로워지고 그러다가 서글퍼진다. 이 순간이 쉽게 달아날 것 같아서, 또한 어느 순간은 내 무게가 그대를 짓누를까봐 겁이 나서, 결국 내 존재가 그대를 누를까봐 걱정스러워진다. 이렇게 우리는 안개처럼 가볍고 부드럽게 서로에게 흔적을 내지 않으면서도 붙어 있었으면 하지만 그게 어디 쉬운가. 우리라는 존재는 얼마나 무거운가. 그런 생각이 들 때 안개로 덮인 인간이 사는 마을을 보면서 이 시를 읽는다. 내 존재는 한없이 가벼워지면서 누군가에게로 스며들어간다.

빈녀음

― 허난설헌

용모인들 남에게 빠지리,
바느질 길쌈도 잘하는데.
어려서 가난한 집에서 자라,
중매쟁이 알아주지 않아요.

밤 깊도록 쉬지 않고 길쌈하니,
삐걱삐걱 베틀소리 차게 울리네.
베틀 속에 한 필 비단 감겨졌으니,
어느 누구의 옷으로 짓게 될까요.

쉬지 않고 손으로 가위질하니,
추운 밤 열 손가락 시려 오네요.
남을 위해 시집갈 옷 짓지만,
나는 해마다 홀로 잡니다.

──────── 소설가 김미월씨가 쓴 허난설헌(1563~
1589)에 대한 에세이를 읽다가 이 시를 발견했다. 시는 『허
난설헌 평전』을 쓴 장정룡씨의 글에서 인용했다. 절절한 것
은 중세의 한 시절을 살았던 가난한 처녀의 밤이 현대를 살
아가는 가난한 처녀의 밤과 다르지 않다는 것이다. 경제, 정
치, 문화가 글로벌화된 것처럼 가난도 글로벌화된 시대에 사
는 우리. 이 시를 읽으며 우리보다 더 가난한 나라에서 우리
를 위해 적은 임금을 받으며 재봉틀에 앉아 옷을 짓는 남의
나라 처녀들이 떠오른다. 조선시대에 여자로 태어나 원만하
지 못한 결혼생활을 했고, 딸과 아들을 잃었으며, 동생 허균
의 귀양살이까지 목격했던 그는 27세에 홀연히 자살로 생을
마감했다고 한다. 그리고 이 시, 가난한 집안에서 태어나 중
매쟁이도 몰라주고 남을 위하여 옷을 짓던 중세의 한 여자를
위한 이 시, 그 여자의 얼굴을 그려보려고 나는 애를 쓴다. 가
난의 한가운데에 앉아서 타인을 위하여 혼수 옷을 짓는 여
자, 그 여자의 애잔한 얼굴과 목굽이에 드리워진 가난의 한
기. 이 처녀를 위한 노래를 후세에 남긴 허난설헌의 얼굴에
이 처녀의 얼굴이 겹쳐진다. 가난한 이 세상 모든 처녀에게
이 노래를 드린다.

사랑

— 김근

그러나 돌의 피를 받아 마시는 것은

언제나 푸른 이끼들뿐이다 그 단단한 피로 인해

그것들은 결국 돌빛으로 말라 죽는다 비로소

돌의 일부가 되는 것이다

———————— 돌에게 피가 있을까? 다만 돌에 붙어서 사는 이끼만이 돌의 피를 느낄까. 이끼는 돌에 들러붙어 살아남아야 하기에? 하지만 시인의 말대로 돌의 피는 "단단한" 피다. 그 단단함 때문에 이끼는 "돌빛"으로 말라 죽는다. 그리고 돌의 일부가 된다. 이끼는 돌의 단단한 피 때문에 말라 죽는데 시인은 이 시에 사랑이라는 제목을 붙여두었다. 죽음으로 완성되는 사랑이라는 말을 우리는 많이 들었다. 사랑, 그 일부가 되어야 도달할 수 있는 지난한 세계가 사랑이라는 것도 우리는 많이 들었다. 김근 시인의 시집 『뱀소년의 외출』 첫머리에 놓여 있는 이 시를 읽고 난 뒤 시집을 읽으면 그렇게 많이 들었던 사랑에 대한 수식어가 범상하지 않게 여겨진다. 시집 전체를 관통하고 있는 신화의 세계. 일상의 견딜 수 없음에다 눈을 부릅뜨고 이건 아니다, 우리가 보고 있는 것은 이런 범박함이 아니다, 우리의 이야기, 우리의 느낌, 우리의 지리멸렬한 존재, 그 자체가 신화다, 라고 시인은 노래한다. 시집을 다 읽고 다시 첫머리에 놓인 이 시로 돌아가보면 이끼가 죽고 난 뒤 돌빛으로 말라서 찬연히 빛나고 있는 그림이 눈앞에 떠오른다. 돌, 그것 자체가 되어 있는 이끼의 신화. 사랑이어서 신화인 세계, 아득한 그 세계.

사랑

― 김수영

어둠 속에서도 불빛 속에서도 변치않는

사랑을 배웠다 너로해서

그러나 너의 얼굴은

어둠에서 불빛으로 넘어가는

그 찰나에 꺼졌다 살아났다

너의 얼굴은 그만큼 불안하다

번개처럼

번개처럼

금이 간 너의 얼굴은

———————— 이 시가 쓰인 건 1961년. 그리고 우리는 2009년을 살아간다. 그런데 우리는 1961년의 시에 나오는 말의 뜻을 아직 정확하게 모른다. 그 사랑이라는 말. 사랑을 나는 너에게서 배웠는데 너의 얼굴은 불안하다. 내가 너로부터 배운 사랑을 너는 지키지 않는다. 너에게서 배운 사랑은 너의 변함으로 인해서 나를 배신한다. 나는 사랑이 그런 건 줄 알았는데 그게 아니었던 것이다. 너의 얼굴은 "번개처럼" 금이 가 있다. 그건 사랑 때문일까? 아니, 너와 나 때문이다. 사랑이라는 말은 변함없는데 너와 나는 사랑의 주인이 아니라 사랑의 그림자가 되어버렸다. 사랑을 놓치고 사랑이라는 말만을 반추하는 지난 시절의 연인이 되어버렸다. 사람을 향한 사랑뿐일까? 새로운 세상을 향한 열정, 한길을 위한 정성, 이 모든 것도 변해가고, 우리는 계속 살아가고, 사랑은 말만으로 이 세계에 존재한다. 결국 말로만 남은 사랑. 내가 잃어버린 건 네가 아니라 사랑일 뿐.

서적

— 조연호

　내 책읽기가 아름다워진 건 독서가 가장 낙후된 장르였던 시대의 일이었다. 황량한 이 별의 느낌이 좋아서 나는 옥상에서만 문장을 만들고, 필라멘트를 쥔 작은 전구는 가족들의 불면을 향해 좀더 걸었다. 두 발을 한쪽 구두에 집어넣는 기분으로 계단이 시작된다. 악연은 모두에게 신발과 같은 것이고 이제 난 그것 한 켤레로 걸음이 점점 편해질 것이다. 팔다리 자라는 소리가 하나 가득 귀를 울리는, 그보다 더 지루한 성장은 없었다. 문지른 책받침에 머리카락이 떠오르는 걸 여자애는 무료하게 한 올 한 올 들여다본다. 책을 읽는 당신은 푸른 공을 끌어안고 최초의 파충류처럼 태양에게 말을 걸었다: 우린 늘 태어나보지 못한 자들이고, 머리 타래는 잘라 반수半獸의 신神에게.

─────────── 이 시를 나는 작은 메모지에 베껴서는 어디를 가든 들고 다닌 적이 있다. 시에서 흘러나오는 아름다운 음악소리 때문이었다. 그리고 이 시 속에 영글어 있는 쓸쓸하고도 아름다운 유배, 혹은 사라져가는 것들이 가장자리에서 서성거리는 느낌 때문이었다. 한 번 이 시를 쓱 읽고는 주머니에 다시 집어넣기도 했고, 여러 번 꼼꼼하게 소리 죽여 읽기도 했고, 어느 날은 소리 내어 읽어보기도 했다. 눈앞을 서성거리는 음악! 어떤 시는 의미로 다가오기도 하고 어떤 시는 이미지로 다가오기도 하는데 이 시에서 유독 도드라지게 떠오르는 것은 거의 멸종 위기에 있는 사유가 음악으로 솟아오르는 순간이었다. 그리고 그 순간은 말이 순간이지 아주 긴 시간 동안 마음속을 흘러다니곤 했다. "우린 늘 태어나보지 못한 자들"이라고 한 인간이 말할 때 어떤 음악이 그 존재의 중심을 흐를까? 살아가면서 끊임없이 자라나는 머리칼을 유일신이 아니라 유일신 이전 신화 속에서 살아가던 "반수의 신"에게 바치는 한 존재의 주변을 흐르는 음악은 또 어떤 것일까? 그 사유를 위해 이 시는 낡은 책장에 꽂혀 있는 것만 같다.

속담

― 옥타비오 파스

이삭 하나는 곡식 전체

깃털 하나는 살아서 노래하는 새

살과 피로 이루어진 한 인간은 꿈에서 나온 인간

진실은 나눌 수 없어요

천둥은 번개가 한 일을 알려주어요

꿈꾸는 여자는 언제나 생생하게 사랑스러운 모습으로 머물지요

잠자는 나무는 푸른 예언을 보여주어요

물은 쉼없이 말하지만 절대로 반복하지 않아요

눈꺼풀의 저울 위에서 잠은 무게가 없어요

혀의 저울 위에서 혀는 갈망하지요

삶을 이야기하는 여자의 혀에서

천국의 새는 날개를 펼치지요

─────────── 멕시코 시인 옥타비오 파스(1914~1998)의
시는 적어도 나에게는 햇빛이 사나웠던 오후가 지나고 빛이
자물거릴 때 노을을 바라보면서 읽는 시와 같다. 어제저녁이
그랬다. 햇빛은 사나웠고 몸은 그 빛에 열기에 지쳐 있었다.
저녁을 먹고 의자를 마당에 내어놓고 파스의 시를 읽었다. 스
러져가는 빛의 멜랑콜리 속에 앉아서 멕시코의 자연과 역사,
신화와 인간을 노래하는 시들을 읽다보니 위의 시와 같은 사
랑스러운 시가 눈에 띄었다. "이삭 하나는 곡식 전체", 모든
인간은 "꿈에서 나온" 것이라고 파스는 말한다. "잠자는 나
무는 푸른 예언"이라고 그가 말할 때 내 마당에 서 있는 나무
들은 일상의 나무들이 아니라 신화의 나무가 되었다. 그리고
"눈꺼풀의 저울 위에서 잠은 무게가 없"다는 구절을 읽는 순
간 나에게도 오랫동안 오지 않았던 방문객, 잠이 찾아왔다.

쇠귀나물

― 황학주

유리병이 버려진 논물 위로

소의 귀 모양을 한 풀잎들이 나와

아, 아, 아, 입을 갖다 대며 쭈그리고 앉아 놀던 학교 길

손을 묻어 물을 만지면 곰지락거리는 소녀가 느껴졌다

막 뜯은 편지 봉투처럼 가난한 마음을 들고

나이 많은 남자를 만나 배배 꼬인 연애를 하러 가던

누나는 중학교밖에 못 마치고

쇠귀나물 뽑힌 논에서 모를 심었다

쇠대나물 쇠태나물 쇠택나물 수사 곡사 급사 택사 물택사

버려지면 이름도 아무렇게나 불린다

물집 잡힌 하얀 꽃잎 우리 누나

중퇴한 교실 창 안에 대고 친구들에게 뭐라고 했나

쇠귀에 뭐라고 했나

소리치고 밀쳐도 남자는 꿈쩍을 않고

세상에 골똘해야 하는 일을 쇠귀에게 속삭이는 일로 알았던

유리병 안에 들어간 나비가 팔랑거린다

쇠귀나물 잎 떨어진 자리가 구드러지고 있다

———————— 시인이 "버려지면 이름도 아무렇게나 불린다"라고 말할 때 나는 마음이 아프다. 시인이 논 언저리에 앉아 논물에 버려진 유리병을 바라보며 굴곡 깊은 누이의 생애를 추억하는 모습이 떠오를 때 나는 마음이 아프다. 어느 가족사에나 다른 식구의 등을 할퀴고 가버린 누군가가 있기 마련이다. 그 누군가를 생각하는 일은, 사실은 이 드난한 세상을 비비며 살아가는 내 생애를 반추하는 것이나 다름없다. 쇠귀나물의 다른 이름들을 불러보면서 어떤 식구의 드난했던 생애를 반추할 때, 문득 나의 생애도 시인이 불러보는 쇠귀나물의 다른 이름이 되어 있는 것이다. 잎이 소의 귀를 닮았다고 해서 쇠귀나물이라고 불리는 이 풀이 하얀 꽃을 피울 때, 그리고 그 꽃잎이 논물에 버려진 유리병 안으로 들어가 나비가 될 때, 누추한 우리의 생애도 유리병 속에서 팔랑거리는 것이리라.

수도에서

― 에리히 프리히드

"누가 여기를 다스리나요?"

나는 물었네

사람들은 대답했네.

"당연히 국민이 다스리지요."

나는 말했네.

"당연히 국민이 다스리지요.

하지만 누가

진짜 이곳을 다스리나요?"

—————— 에리히 프리히드(1921~1988)는 비엔나에서 태어나 독일에서 죽은 오스트리아 시인이다. 유대인이었던 그는 1938년 오스트리아가 나치에 점령당하자 런던으로 유배를 떠났다. 그곳에서 그는 BBC에서 일을 하기도 했다. 나치 정권을 겪어낸 유대인 출신의 독일어권 시인들은 사실 이중고에 시달렸다. 그들을 학살한 언어가 독일어였고, 그들의 시 역시 독일어로 쓰였기 때문이다. 독일인들은 유대인을 학살했지만 사실 그들은 죽인 것은 유대인이 아니라 유대인 출신의 독일인이었으며, 독일어권 시민이었다. 그런 이중고를 가진 유대인 출신의 독일어권 시인이었던 에리히 프리히드는 전쟁이 끝나고도 지속된 이 세계의 부당함을 그의 아름답고노 짧은 언어로 그려내었고 비판했다. 그의 비판은 이스라엘을 향해서도 가차없이 행해졌다. 가히 정치시의 절정이라고 할 수 있는 그의 시편 가운데 아주 짧은 이 시는 그의 명성에 값한다. 베를린 독일 국회의사당 건물에 붙어 있는 큰 글씨, "독일 국민을 위하여". 국회의사당을 지나면서, 청와대 앞을 지나면서, 물어보라. 혹은 이 세계에 존재하는 모든 나라의 중심부를 향하여 물어보라. 정말 국민을 위하여인지, 진짜 누가 이곳을 다스리는지 말이다.

아직 촛불을 켤 때가 아닙니다

— 신석정

저 재를 넘어가는 저녁 해의 엷은 광선들이 섭섭해합니다

어머니 아직 촛불을 켜지 말으서요

그리고 나의 작은 명상의 새새끼들이

지금도 저 푸른 하늘을 날고 있지 않습니까?

이윽고 하늘이 능금처럼 붉어질 때

그 새새끼들은 어둠과 함께 돌아온다 합니다

언덕에서는 우리의 어린 양들이 낡은 녹색 침대에 누워서

남은 햇볕을 즐기느라고 돌아오지 않고

조용한 호수 우에는 인제야 저녁 안개가 자욱이 나려오기 시
작하였습니다

그러나 어머니 아직 촛불을 켤 때가 아닙니다

늙은 산의 고요히 명상하는 얼굴이 멀어가지 않고

머언 숲에서는 밤이 끌고 오는 그 검은 치맛자락이

발길에 스치는 발자욱 소리도 들려오지 않습니다

멀리 있는 기인 둑을 거쳐서 들려오는 물결소리도 차츰차츰
멀어갑니다

그것은 늦은 가을부터 우리 전원을 방문하는 가마귀들이

바람을 데리고 멀리 가버린 까닭이겠습니다

시방 어머니의 등에서는 어머니의 콧노래 섞인

자장가를 듣고 싶어 하는 애기의 잠덧이 있습니다

어머니 아직 촛불을 켜지 말으서요

인제야 저 숲 너머 하늘에 작은 별이 하나 나오지 않았습니까?

──────────── 1933년에 이 시는 발표되었다. 한참 후인 오늘날 읽어도 그렇게 모던할 수가 없다. 지난해 광장에서 촛불을 밝히셨던 많은 분은 이 시의 제목만을 보면 아니, 하고 노할 수도 있겠다. 그리고 그 촛불을 공권력으로 제압하시려 했던 분들은 이 시 제목을 두고 근사하군, 할지도 모르겠다. 아니다, 이 시는 빛과 어둠 사이에서 한 인간이 그 사이에 놓인 시간을 온 감각으로 받아들이고 있는 과정일 뿐이다. 완전히 어둠이 와서 캄캄해지기 전의 그 시간, 자물거리는 빛과 아스라해지는 사물 사이에서 한 인간이 아득해지는 시계視界를 향하여 드리는 노래일 뿐이다. 빛과 어둠, 그 사이에서 촛불이 켜질 때까지 그 안에서 즐거이, 이 아름다운 자물거림을 즐기는 인간. 그 인간은 고요하다. 고요하게 서서히 저물어가는 어떤 마음, 촛불이 꺼질 때까지 한 인간으로서 누릴 수 있는 작은 감각들을 안으로 오므려두는 시간. 명상하는 시간, 한없이 망설이는 시간, 그 시간은 존엄하다.

양치기 30
— 알베르투 카에이루

그대들이 나를 신비주의자로 여긴다면, 좋아요, 나는 신비주의자.

나는 신비주의자, 하지만 단지 몸만 그러하다오.

내 영혼은 단출하고 생각을 하지 않아요.

내 신비주의는 아무것도 알고 싶어하지 않는 것.

무슨 뜻이냐면 그냥 살기, 삶을 생각하지 않기.

자연이 무어냐구요? 난 모른다오, 다만 자연을 노래할 뿐.

난 언덕 위에 살아요.

석회가 낀 외로운 집 안에서,

이게 전부예요, 이게 나예요.

───────────── 페르난두 페소아(1888~1935)라는 포르투
갈 시인은 이 시의 지은이를 알베르투 카이에루라 불렀다. 새
책을 쓸 때마다 페소아는 새로운 인물을 발명했다. 그는 무
역회사의 직원으로 리스본에서 평생을 거의 이름 없이 살았
고, 혼자가 되었을 때는 책을 썼다. 그가 발명해낸 인물들은
페소아의 책들 안에서 친교를 맺고 시와 철학과 종교에 대해
토론을 하며 살아갔다. 이 시는 『양치기』라는 제목이 붙은 시
집의 서른번째 시이다. 남들은 신비주의자라고도 말한다지
만 내 영혼은 아주 단출하고 생각을 하지 않는다고 그는 말
한다. 그리고 자연이 무엇인지는 몰라도 그냥 자연에 대해서
노래한다고 말한다. 수많은 인물을 발명했던, 그 복잡한 생
각을 했던 한 인간이 말이다. 페소아가 내면에 지녔던 다양
한 인물들, 그는 한 인물로 일생을 살았지만 수많은 인물과
책 안에서 살아갔다. 우리도 한 인물로서 우리의 삶을 살아
가지만 혹 우리 내부에는 수많은 인물이 들어 있지 않을까?
이런 삶을 살고 있는 나, 저런 얼굴을 하고 있는 나, 혹은 지
금 나에게 금지된 생각을 하고 있는 나, 수많은 "나"로 이루
어진 나, 그 "나"는 지금 이 시 속에서 "석회가 낀 외로운 집"
에 오도카니 앉아서 양치기가 되어 살아가는 것이다.

어느 날 나의 사막으로 그대가 오면

―유하

어느 날 내가 사는 사막으로

그대가 오리라

바람도 찾지 못하는 그곳으로

안개비처럼 그대가 오리라

어느 날 내가 사는 사막으로 그대가 오면

모래알들은 밀알로 변하리라

그러면 그 밀알로, 나 그대를 위해 빵을 구우리

그대 손길 닿는 곳엔

등불처럼 꽃이 피어나고

메마른 날개의 새는 선인장의 푸른 피를 물고 와

그대 앞에 달콤한 비 그늘을 드리우리

가난한 우리는 지평선과 하늘이 한몸인 땅에서

다만 별빛에 배부르리

어느 날 내가 사는 사막으로

빗방울처럼 그대가 오리라

그러면 전갈들은 꿀을 모으고

낙타의 등은 풀잎 가득한 언덕이 되고

햇빛 아래 모래알들은 빵으로 부풀고

독수리의 부리는 썩은 고기 대신

꽃가루를 탐하리

가난한 내가 보여줄 수 있는 세상이란 오직 이것뿐

어느 날 나의 사막으로 그대가 오면

지평선과 하늘이 입맞춤하는 곳에서

나 그대를 맞으리라

─────────── 지금은 아주 유명한 영화감독이 된 유하 시인의 이 시에서 가장 마음을 찌르는 말은 "가난한 내가"라는 구절일 것이다. 그런 "내"가 당신에게 드리고 싶은 세상은 어떠한가. 사막이 옥토로 변하는, 독충이 익충으로 변하는, 식육동물이 아름다움의 찬미자로 변하는 세상이다. 그런데 그 세상은 그 누군가가 아닌 당신이 가능하게 만든다. 당신은 나의 사막을 찾아오는 안개비이고 빗방울이기 때문에. 사막의 빗방울! 사막을 건너본 사람은 그것이 무엇인지 알 것이다. 내가 서울에 살 때 동인 활동을 하면서 만났던 유하 시인은 아무리 초라한 자리도 순식간에 화려하게, 아무리 우울한 자리도 정말 순식간에, 즐거운 자리로 변하게 만들 줄 아는 사람이었다. 타인을 즐겁게 해주면서 본인은 얼마나 힘들었을까? 사랑이 마음에 깃든 자들은 모두 평화주의자들이다. 사랑의 순간이 우리 모두를 평화주의자로, 아름다움 앞에 고개를 숙이는 자로 변하게 하는 기이함을 되새기며 이 시를 읽는다. 가난한 당신이여, 당신의 연인에게 오늘 이 시를 읽어주시기를!

어느 해거름

— 진이정

멍한,

저녁 무렵

문득

나는 여섯 살의 저녁이다

어눌한

해거름이다

정작,

여섯 살 적에도

이토록

여섯 살이진 않았다

———————— 1993년에 타계한 진이정 시인은 나에게는 문우였고, 시에 대해서라면 긴 시간을 마다하지 않고 다방에 앉아서 토론을 하곤 했던 벗이었다. 진이정이 죽었을 때 나는 독일 마르부르크 대학에서 어학과정을 밟고 있었다. 남의 나라 언어를 배우며 어학시험을 목전에 앞두고 있었을 때 그는 병원에 실려갔고 타계했다는 소식이 들려왔다. 요절시인이라는 한자 조합어 속…… 우리 세대에는 빛나는 시인 기형도가 있고 나에게는 진이정이라는 벗이 있다. 그가 남긴 단한 권의 시집 『거꾸로 선 꿈을 위하여』에 해설을 썼던 황현산 선생님은 진이정이 마치 그의 죽음을 알았다는 듯 마지막 시편들을 썼다고 말했다. 한없는 지적인 호기심, 세상에 대한 따뜻함과 이를 배반하는 세상에 대해 열렬하고도 깊은 시를 쓴 자, 진이정. 그의 제는 어느 절에 모셔져 있었는데 어느 해 나는 서울에서 그의 제사에 참석하기도 했다. 내 기억이 틀리지 않는다면 그 제삿날 등성이에 머물고 있었던 해는 정확히 이 시를 가리키고 있었다. 정작 여섯 살이었을 적에도 이토록 여섯 살이진 않았던 시인의 눈에 머물던 해거름의 지는 해. 우리는 언제나 어린애고, 영혼은 어떤 시간을 살아가도 이렇게 낯설게 우리가 누구인지 묻고 있는 것이다.

여승

— 백석

여승은 합장하고 절을 했다

가지취의 내음새가 났다

쓸쓸한 낯이 옛날같이 늙었다

나는 불경처럼 서러워졌다

평안도 어늬 산山 깊은 금덤판

나는 파리한 여인에게서 옥수수를 샀다

여인은 나 어린 딸아이를 때리며 가을밤같이 차게 울었다

섶벌같이 나아간 지아비 기다려 십 년이 갔다

지아비는 돌아오지 않고

어린 딸은 도라지꽃이 좋아 돌무덤으로 갔다

산꿩도 설게 울은 슬픈 날이 있었다

산절의 마당귀에 여인의 머리오리가 눈물방울과 같이 떨어진 날이 있었다

알베르 캉(1860~1940)이라는 프랑스의 대부호는 재산을 문화사업을 하는 데 쓴 사람이다. 그는 20세기 초에 사진사들을 전 세계로 보냈다. 그 당시 새로 개발된 오토크롬 기술로 무장한 캉의 사진사들은 세계 구석구석을 헤매며 사람들과 자연을 컬러로 찍어댔다. 그 사진들에 나오는 사람들은 이미 이 세계에서 더이상 찾아볼 수 없는 전통의상과 머리 스타일을 하고 있다. 이 세계가 서구형으로 평준화되기 이전에 이 세계가 같은 시스템 안으로 들어오기 이전의 상태 속에 각각 다른 옷, 다른 집, 다른 삶의 표정을 하고 그들은 카메라 앞에 서 있었다. 백석 선생의 시를 읽으면 바로 그런 사람들이 떠오른다. 위의 시에 나오는 "가지취" 냄새가 나는 여승, "도라지꽃이 좋아 돌무덤으로" 가버린 어린 딸, 옥수수를 파는 평안도 어느 산의 여인. 만일 캉의 사진사들이 그때 조선으로 왔더라면 이런 모습을 담았으리라. 그리고 백석 선생처럼 "불경처럼 서러워"졌을지도 모르리라.

여행

— 나즘 히크메트

시인은 여행한다
우리의 땅에 있는 한 바다 위로,
눈길을 별에 주면서.

시인들 가운데 어떤 이는 여행한다
한 별의 바다 위로,
눈길을 우리의 땅에 주면서.

시인들은 여행한다
우주의 바다 위를,
눈길을 서로에게 보내면서.

─────────── 나즘 히크메트(1902~1963)는 터키의 시인이나 그리스에서 태어났고, 러시아에서 죽었다. 현대 터키 문학에서 가장 중요한 시인 가운데 하나인 그가 태어난 곳, 죽은 곳이 터키가 아니라는 사실은 참으로 흥미롭지 않을 수 없다 하겠다. 태어난 곳을 그가 고를 수는 없었을 것이다. 하지만 죽은 곳은? 그는 러시아에서 공부하며 러시아 미래주의자들과 교류를 했고, 후에 그 당시 불법이었던 터키 공산당에 가입했다. 그리고 불법적인 정치활동으로 옥고를 치렀고, 옥중에서 톨스토이의 『전쟁과 평화』를 터키어로 번역하기도 했다. 옥에서 풀려난 뒤 징집을 거부하던(당시 그는 49세였다!) 그는 결국 모스크바로 망명길에 올랐다. 글쎄, 그는 죽을 곳을 고를 수 있었을까? 아니었을 것이다. 다시 한번 정치사가 한 시인의 일생을 혹독하게 지배한 예일 것이다. 하지만 그의 시를 보라. 여행하는 시인, "우주의 바다 위를" "눈길을 서로에게 보내면서" 여행하는 시인들과 시인들의 혼이 담긴 여행하는 별. 그의 시 영혼은 바로 그곳에 있었을 것이다. 참고로 덧붙이자면 그는 2009년에야 비로소 터키 국적을 회복했다.

울고 싶은 놈

— 이시하라 요시로 · 유정 옮김

나보다 더 울고 싶은 놈이

내 속에 있어서

제 발목을 제 손으로

꽉 붙잡고

놓지 않는 것이다

나보다 더 울고 싶은 놈이

내 속에 있어서

눈물을 흘리는 건

언제나 나다

나보다 더 울고 싶은 놈이

울지 않는데

내가 울어봤자

뭐가 달라지나

나보다 더 울고 싶은 놈을

때려서 울리려고

데굴데굴 다다미를

굴러는 보지만

꺼이꺼이 울음을 터뜨리는 건

언제나 나다

해는 문득

처마 끝에서 저물고

나는 밀려나

굴러떨어진다

울면서 툇마루 끝을

굴러떨어진다

울어주렴

울어주렴

──────── 이시하라 요시로(1915~1977)는 1939년에 군에 입대하여 북방정보요원으로 하얼빈으로 갔고, 1945년 2차대전이 끝나던 시기에 소련군에 체포되었으며, 1948년 스탈린 사망 특사로 풀려나기까지 3년간 시베리아에서 유형 생활을 했다고 한다. 그는 일본으로 돌아와서 시인, 그리고 기독교인으로 살다가 결국 1977년에 자살을 했다. 이 시는 내가 알고 있는 유일한 그의 시이다. 그의 시 중에는 시베리아 시절을 그린 시가 많다는데 「울고 싶은 놈」이라는 이 시 역시 어쩌면 그런 배경에서 쓰인 시일지도 모르겠다. 20세기 초에 태어났던 많은 이는 청년시절을 제국주의와 팽창주의, 인종주의, 민족주의 등등의 가해자 혹은 피해자로서 살아갈 수밖에 없었다. 하지만 가해자도 피해자도 사실 마음속에 "나보다 더 울고 싶은 놈"을 안고 살아가지 않았을까 싶다. 나보다 더 울고 싶은 놈은 정작 울지를 않고 내가 울어야 하는 삶! 거대 역사가 가혹한 것은 한 인간이 개인으로 살아갈 권리를 이렇게 제한해버리는 대목에 있다. 거대 역사여, 캄캄해서 무섭다. 21세기는 좀더 다른 세기였음 한다.

월식月蝕

— 김명수

달 그늘에 잠긴

비인 마을의 잠

사나이 하나가 지나갔다

붉게 물들어

발자국 성큼

성큼

남겨놓은 채

개는 다시 짖지 않았다

목이 쉬어 짖어대던

외로운 개

그 뒤로 누님은

말이 없었다

달이

커다랗게

불끈 솟은 달이

슬슬 마을을 가려주던 저녁

─────────── 삶의 한 장면을 마치 사진 한 장처럼 잡아

낸 시. 월식이라는 자연현상이 일어날 때 인간의 마을에서는

무슨 일이 일어나는가. 이 시 속을 보라. 어둠에 잠긴 마을로

한 사나이가 지나간다. 붉게 물든 한 사나이는 발자국만 남

기고 어둠 속으로 사라지고 개도 짖지 않는데 "그 뒤로 누님

은 말이 없었다"라고 시는 간명하게, 극렬하게 단 하나의 문

장으로 우리에게 전해진다. 이 단 하나의 문장에 한 여인의

긴 일생이 다 담겨 있다. 지구의 그림자가 달을 가리는 동안

마을에 들렀다가 발자국만 남기고 사라진 이 사나이는 누구

였을까? 누님의 일생 가운데 치명적으로 들어왔다가 치명적

으로 다시 나가버린 이 사나이는 어둠에 잠긴 마을을 빠져나

갔다가 다시 어떤 어둠으로 들어갔을까? 그리고 남겨진 누

님은? 길고도 긴 소설이 될 법한 이 이야기를 시는 아주 얄미

울 정도로 간단하게 우리에게 전해준다. 그러나 그 간단한

시 뒤의 여운은 너무나 길어서 한참 동안 곰곰 생각하게 만

든다. 월식이 지나가고 달은 다시 마을로 돌아오겠지만 아,

누님, 그 누님은 결코 월식 동안 일어난 이야기를 우리에게

들려주지는 않을 것이다.

작은 비엔나 왈츠

— 페데리코 가르시아 로르카

비엔나에는 열 명의 소녀가 있네,

죽음이 흐느끼며 기대고 있는 어깨가 있네,

난도질당한 비둘기들의 숲이 있네.

서리의 박물관 속에 아침의 부서진 조각이 있네.

천 개의 창문이 달린 살롱이 있네.

　아, 아, 아, 아!

다문 입으로 이 왈츠를 받아주오.

이 왈츠는 이 왈츠는 이 왈츠는

승낙과 죽음과 꼬냑의 왈츠,

바다 속에 긴 옷자락을 젖게 하는 왈츠.

널 사랑해, 사랑해, 사랑해

생기 없는 책과 안락의자와 함께

어두컴컴한 복도에서,

백합의 어두운 다락방에서,

달이 있는 우리들의 침대에서,

그리고 거북이가 꿈꾸는 춤 속에서,

　　아, 아, 아, 아!

흰 허리로 이 왈츠를 받아주오.

비엔나에는 몇 개의 거울이 있네,

그 안에서 그대의 입과 메아리가 놀이를 하고 있네,

소년들을 시퍼렇게 칠하는

피아노를 위한 어떤 죽음이 있네.

지붕들을 에워싸고 거지들이 있네.

신선한 눈물화환이 있네.

　　아, 아, 아, 아!

나의 팔 속에서야 끝이 나는 이 왈츠를 받아주오.

사랑하는 이여, 당신을 사랑하기 때문에 사랑하기 때문에,

아이들이 놀고 있는 다락방 속에서,

헝가리에서 온 낡은 빛이 꿈을 꾸고 있는

미지근한 저녁의 웅얼거림 속에서,

보아요, 그대의 이마, 어두운 고요함에 얹힌

눈으로 만들어진 양과 백합을.

　　아, 아, 아, 아!

받아주오, "너를 언제나 사랑해"라는 이름의 이 왈츠를

(하략)

──────────── 레너드 코헨의 노래 〈Take this Waltz〉는
잘 알려져 있듯 로르카의 이 시를 원작으로 한다. 이십대가
끝나갈 무렵 나의 저녁을 지배했던 노래였고, 시였기도 하
다. 스페인 시인 로르카의 비극적인 죽음과 서울의 막막한
저녁 사이를 오가며 들었고 읽었던 노래였고, 시였기도 하
다. 한 선배가 나에게 카세트테이프를 하나 선물했는데 그 안
에는 이 노래만 열 번 넘게 녹음되어 있었다. 참 신기하기도
하지, 시 한 편 혹은 노래 한 곡이 한 세월을 손에 꽉 쥐고 있
었다니. 물론 그때 다른 노래 가사들도 있었다. 〈달의 몰락〉
이라든가 〈개여울〉이라든가 〈파도〉라든가. 이십대가 끝나갈
무렵이라고 세계가 몰락하는 것도 아닐 텐데 어쩌면 그렇게
아찔한 비극의 이미지를 꼭 붙잡고 있었는지 모르겠다. 그러
나 돌아보면 그 세월이 참도 좋다. 그때는 누군가를, 혹은 무
언가를 위하여 목숨을 걸 수도 있다고 생각했다. 단호함과
매서움과 분노와 설움이 내게 있던 때였다. 그리고 무엇보다
아름다움에 매혹된 한 영혼은 영원히 촉촉했다.

잡담 길들이기 3

— 마종기

여자의 젖꼭지는 젖먹이들의 명줄이지만, 남자의 젖꼭지는 무슨 소용일까. 쓸데없는 남자의 젖꼭지는 염색체의 결함 때문이라는군. 인간이 처음 수태되었을 때는 모두가 여자라는 거야. 수태 후 몇 주일이 지나서 갑자기 중간에 남성이 된다는 거지. 그 후의 아홉 달은 호르몬이 남자를 완성시키지만, 처음 있던 젖꼭지는 다 지우지 못하고—

여자가 남자가 되었다구?
우리 사이에 있는 손과 입,
여자와 남자의 얼굴이 웃고
두 얼굴이 하나 되어
피카소의 그림처럼 예쁘다.
반쯤 비어 있는 사람이 예쁘다.
다리와 다리가 껴안고

둥근 피부와 굴곡의 피부가 섞인다.

남자는 처음에는 여자였다구?

———————— 이웃 가운데 노부부가 있다. 그들은 다독다독 잘 살았다. 가끔 정원 일을 하다가 낮은 담을 사이에 두고 만나게 되면 부인은 우리 남편은 달걀 하나도 못 부쳐요, 라고 남편 흉을 귀엽게 보기도 했다. 그 부인이 갑자기 쓰러져 병원으로 갔다. 몇 주일 동안 병원에 있어야 한다고 남편이 우리에게 전해주었다. 뭐 도움이 될 일이 있으면 말씀하시라고 했더니 달걀을 전자레인지에 넣고 삶아도 되느냐고 물었다. 나는 손사래를 쳤다. 절대 안 돼요, 달걀이 다 폭발한다구요. 며칠이 지나고 난 뒤 다시 그는 우리집 초인종을 눌렀다. 그가 말했다. 이 닭죽 맛 좀 볼래요? 오늘 병원에 가져다주려고 끓였어요. 닭죽 끓이는 법은 어떻게 아셨어요? 라고 내가 물었을 때 그는 주름이 많은 얼굴에 함박웃음을 지으며 자랑스럽게 말했다. 우리 마누라가 시키는 대로 했어요.

장미의 내부

— 라이너 마리아 릴케

어디에 이 내부를 감싸는

외부가 있을까? 어떤 상처 위에

이 부드러운 삼베를 올려두었을까?

활짝 열린 장미의

근심 없는 장미의

내호內湖에는

어떤 하늘이 비춰질까? 보라

마치 떨리는 어떤 손이라도 무너뜨릴 수 없을 것처럼

장미는 흐드러지게 피었네.

장미는 스스로를 견디지 못하고 가득 채워져서는 내부에서

넘쳐 나와 여름의 나날, 점점 풍요해지는 그 속으로 흘러들어

간다,

여름 전체가 방 하나가 될 때까지,

꿈속에 있는 방이 될 때까지

———————— 릴케의 이 시를 읽으면 꽃을 오래 들여다보고 있었던 여름의 오후가 생각난다. 벌들은 윙윙거리며 날았고 아무도 없는 화원은 고요했다. 그 고요의 한가운데 쪼그리고 앉아서 장미를 들여다보기. 장미뿐 아니라 모든 꽃의 내부는 황홀한 고요이다. 벌들이 다녀가도 바람이 다녀가도 활짝 핀 꽃 안에는 어찔한 고요가 고여 있다. 꽃의 바깥은 흔들거리지만 꽃의 내부를 움직일 수 있는 자연은 어디에도 없다. 그 고요가 고였다가 더는 견딜 수 없어서 넘쳐나고 넘쳐나면서 계절은 완성된다. 그때 계절은 릴케가 시에서 노래한 대로 "여름 전체가 방 하나"가 된다. 그 계절 속에 살아가는 우리 모두는 거대한 방 안에서 함께 살게 되는 것이다. 꽃의 고요가 우리에게 준 방 한 칸, "꿈속에 있는 방" 한 칸, 그 방 한 칸을 오래 들여다보기 위하여 쪼그리고 앉아 그렇게 하염없이 꽃의 내부를 들여다보았는가 싶다.

전생에 들르다

— 이병률

내 전생을 냄새 없고 보이지 않는 것으로 살았다면 서쪽으로 서쪽으로만 고개를 드는 바람이었을 것이고

내 전생에 소리 내어 사람 모은 적 있었다면 노인의 품에 안겨 어느 추운 저녁을 지키는 아코디언쯤이었을 것이고

그 전생에 일을 구하여 토끼 같은 자식들을 먹여 살렸더라면 사원에 연못을 파며 뗏국 전 내력을 한스러워하는 노예였을 것이고

그 전전생에도 방랑을 일삼느라 한참을 떠돌았다면 후생에라도 다시 살고 싶어지는 곳에 돌 하나 올려놓았을 것이고

하여 이 생에서는 이리도 무겁고 슬프고

————————— 살면서 쓸쓸해지는 순간이 오면 사람들은 전생이나 후생을 이야기하곤한다. 전생에는 무엇이었을까, 그리고 후생에는 무엇으로 이 세상을 찾아오게 될까. 믿든 믿지 않든 말이다. 지금 이 순간이 쓸쓸하면 그럴수록 우리들은 사람으로는 다시 이 세상을 찾아오고 싶지 않을 거라고 생각하게 된다. 그리고 전생에는 사람이 아니었을 것이라고 생각하게 된다. 나무든 바람이든 나비든 뭐든 어디에도 매여 있지 않은 삶. 서쪽으로만 부는 바람, "추운 저녁을 지키는 아코디언", 사원에서 연못을 파는 노예, 방랑자로 이어지는 이병률의 따뜻한 전생 이야기는 쓸쓸한 순간을 견디게 하는 시가 된다. 시인은 지금의 생이 무겁고 슬퍼서 이런 생각을 한다고 하지만 그가 따뜻한 시인이 아니었다면 그 많은 전생에 이런 따뜻한 옷을 입힐 수 있었을까? 덧붙이자면 나도 다음에 태어나면, 물론 다시 태어나지 않았으면 좋겠지만, 이라는 단서에 붙여진 바람이 하나 있다. 다른 생명을 먹지 않고도 살 수 있는 그런 생명이었으면 좋겠다는 것! 그러니 돌이나 물이나 그런 건 아닐까? 오늘 조금은 쓸쓸한가보다. 이병률의 시를 읽으면 언제나 그렇다.

전설

— 에바 슈트리트마터

어디에선가 나는 읽은 적이 있지,

어떤 도시에

아주 낡은 나무집이

헐렸다는 걸.

오래된 나무로 사람들은 바이올린들을 만들었네,

그 악기들은 특별한 소리를 낸다고 하네.

틀림없이 화학적으로 설명할 수 있겠지.

하지만 나는 생각한다네, 그들은

나무속으로 들어온,

오래전 지나간 삶을 노래한다네

기록될 수 없는 흔들거림과 함께

오늘까지 울려오네.

바이올린이 울리면 사람들은

악보에 들어 있지 않은 음을 듣네.

마치 침묵하는 사람들이

웅얼거리며 지나가는 듯한 소리.

이건 아주 아름다운 전설.

그리고 나는 내 시 속에서 꿈을 꾸네,

내 시 속에는 언제나

목소리 없는 것들이 말하는 소리가 함께 울려나기를.

─────── 에바 슈트리트마터는 1930년에 태어난 옛 동독 출신의 시인이다. 어린이와 어른들을 위한 시를 쓰고 동화와 산문을 쓰는 작가였다. 앞의 시는 그녀의 시집 『풀밭 위에 달눈[雪]이 놓여 있다』에 수록되어 있다. 시집 전체는 제목처럼 풀밭 위에 어른거리는 달눈처럼 아련하고 비밀스럽다. 오래된 나무집이 헐린 뒤 그 집의 뼈대인 나무로 만든 바이올린이 내는 소리, 그 집에 살았던 사람들, 떠났거나 아니면 죽었거나 그래서 잊힌 사람들, 그들이 남긴 생을 노래하는 바이올린. 시인은 그 바이올린은 악보에도 들어 있지 않은 음을 낸다고 한다. 그리고 자신의 시도 목소리 없는 것들이 함께 울려나오는 시였으면 한다고 한다. 모든 생애의 시간 속에서 우리가 내는 소리들은 전설이 된다. 모두, 우리 모두는 신화적인 존재이고 우리의 삶은 언젠가는 전설이 된다, 누군가 우리를 기억하고 우리의 존재, 그 가치를 찬미하는 동안에는.

찻집

— 에즈라 파운드 · 정규웅 옮김

그 찻집의 소녀는

예전만큼 예쁘지 않네.

8월이 그녀를 쇠진케 했지.

예전만큼 층계를 열심히 오르지도 않네.

그래, 그녀 또한 중년이 되겠지.

우리에게 과자를 날라줄 때

풍겨주던 청춘의 빛도

이젠 더 이상 볼 수 없겠네.

그녀 또한 중년이 되겠지.

─────────── 에즈라 파운드(1885~1972)의 이 시에 나

오는 소녀를 나도 안다. 전에 내가 서울에 살 때 자주 들렀던

찻집에도 그런 여인이 있었다. 그 집을 나는 서울에 처음 오

면서, 그리고 서울을 떠나던 때까지 드나들었다. 그랬다. 차

를 가져다 줄 때 언제나 청춘의 빛을 풍기던 소녀 같기도 하

고 여인 같기도 했던 그 사람은 내가 서울을 떠날 무렵 지친

중년으로 접어들고 있었다. 나에게 휴식을 줌과 동시에 그녀

는 늙어간 것이라는 생각을 들게도 했다. 마흔 중반으로 접

어들면서 부쩍 나는 그 여인 생각이 나곤 했다. 그녀의 뒷모

습, 어깨, 차를 가져다 줄 때 흘깃 훔쳐보았던, 나날이 굵어지

던 손마디. 나 역시 그녀처럼 늙어가는 시간. 내 청춘의 빛을

누군가에게 풍겨준 적이 있었는지 나는 차 한잔, 독일의 어

느 마을 찻집에서 마시며 생각한다.

테렐지 숲에서 생긴 일

— 이시영

    다리가 묶여 온 짐승은 말간 눈을 뜬 채 숲속의 우리를 보고 매애거렸다 그러나 익숙한 솜씨의 칼잡이가 망치를 들고 다가가자 온 힘을 다해 버둥거리며 마지막 애처로운 비명을 질렀다. 정수리에 일격을 가하자 염소는 묶인 다리를 심하게 떨다가 이내 잠잠해졌다. 칼잡이가 재빨리 내장을 열어 염소의 숨통을 끊어주었다. 그리고 그동안의 수고였던 가죽옷을 벗겨내고 풀냄새가 자욱한 장들을 꺼내고 조금 전까지 우리를 보고 있던 말간 눈을 감겨주었다. 그리고 숲은 다시 아무 일도 없었던 것처럼 분주해졌다.

―――――――――― 동유럽 어느 수도원에 참회를 하러 온 어느 가족이 가난한 수도원을 위해 양 한 마리를 끌고 오는 모습을 본 적이 있다. 무슨 죄가 있었던지 가족은 하나씩 작은 참회의 방에 들어가 있다가 불그스름하게 변한 눈을 닦으며 나오곤 했다. 그리고 축제는 시작되었다. 도살된 양은 앞의 시에서 나오는 염소처럼 도살되었고, 마지막으로 양 머리는 수도원 근처에서 자란 허브를 가득 넣은 끓는 물속으로 던져지곤 했다. 그 가족과 함께 들을 넘어 개울을 같이 넘어 온 양은, 가족들과 함께 들과 강과 꽃을 보았을 양의 눈은, 끓고 있는 국 속에서 그 가족을 물끄러미 바라보기에 이르렀다. 아무 일 없다는 듯 "숲"이라는 시정에서 다시 고기가 지글거렸고, 참회도 속죄도 하릴없다는 듯 일상은 양 머리가 들어간 국처럼 마냥 끓었다. 이 생각이 들 때마다 이시영의 시에 나오는 염소의 눈에 맺힌 지구를 나는 오랫동안 생각해왔다. 우리는 처음부터 남을 먹어야만 살아남는 존재였다. 그리고 언젠가는 자연이 우리를 먹을 것이다. 옳다.

호랑이는 고양이과다

— 최정례

고양이가 자라서 호랑이가 되는 것은 아니지만

장미 열매 속에

교태스런 꽃잎과 사나운 가시를 감추었듯이

고양이 속에는 호랑이가 있다

작게 말아 구긴 꽃잎같이 오므린 빨간 혀 속에

현기증 나는 노란 눈알 속에

달빛은 충실하게 수세기를 흘러내렸을 것이고

고양이는 은빛 잠 속에서

이빨을 갈고 발톱을 뜯으며

짐승 속의 피와 야성을

쓰다듬고 쓰다듬었을 것이고

자기 본래의 어두운 시간을 가만히 바라보는 것처럼

고양이,

눈 속에 살구빛 호랑이 눈알을 굴리고 있다

독수리가 앉았다 날아가버린 한 그루 살구나무처럼

─────────── 얼마 전 독일의 헤센주 메셸이라는 곳에서 발견된 화석이 화제가 된 적이 있다. 거의 집고양이만한 크기의 화석, 이 화석을 연구한 학자 가운데 하나가 자신의 딸 이름 '이다'를 그 화석에게 주었던 일! 인간이 한 포유류에서 원인간으로 진화하는 과정, 즉 지금까지 학자들이 찾지 못했던 중간 형태 가운데 하나를 발견했다고 학계는 떠들썩했다. 고양이만한 중간 형태가 어디 있을까. 인간에게 길들여졌다 싶어서 보면 고양이는 벌써 저 멀리 달아나 있다. 친구인가 싶어서 안았더니 발톱으로 얼굴을 할퀴는 존재. 하지만 고양이를 빼고서 우리는 인간이 만들어낸 그 어떤 문명도 상상할 수 없다. 문명인 것도 문명 아닌 것도 아닌 고양이. 시를 읽으며 우리는 고양이에게서 왜 문명과 문명 이전 것이 엇갈리는 지점을 발견하는지를 묻게 된다. 문명과 문명 이전 사이에는 죽음으로 약속한 동행의 결의가 들어 있었는지도 모른다. 문명은 문명 이전을 추억하면서 겸손해지고, 문명의 허점과 야성을 발견하게 된다. "자기 본래의 어두운 시간"을 응시하는 존재. 문명과 문명의 사이는 이 시처럼 따뜻하고 슬프고도 이기적이다.

* 이 책은 2009년 허수경 시인이 한국일보 지면을 통해 연재한 바 있는 〈시로 여는 아침〉 가운데 시인들의 시 50편에 관한 이야기를 토대로 꾸려졌습니다.

* 한 권으로 꿰며 한 분 한 분 시의 게재 허락을 받았으나 몇몇 시의 경우 저자, 혹은 저작권자와 연락이 닿지 않아 그 수락을 얻지 못했습니다. 그와 관련하여 후에라도 난다 출판사로 연락을 주시면 즉시 허가 절차를 밟고 비용을 지불하도록 하겠습니다.

* 본문에 실린 시 가운데 번역자가 따로 표기되지 않은 해외시의 경우 허수경 시인이 직접 번역한 본임을 밝혀둡니다.

사랑을 나는
너에게서 배웠는데

ⓒ허수경 2020

초판 1쇄 발행 2020년 10월 3일
초판 3쇄 발행 2022년 12월 3일

지은이 허수경
펴낸이 김민정
책임편집 송원경 **편집** 유성원 김동휘
디자인 한혜진
마케팅 정민호 이숙재 김도윤 한민아 정진아 이민경 정유선 김수인
브랜딩 함유지 함근아 김희숙 고보미 박민재 박진희 정승민
제작 강신은 김동욱 임현식
인쇄 한영문화사 **제본** 경일제책
펴낸곳 난다
출판등록 2016년 8월 25일 제406-2016-000108호
주소 10881 경기도 파주시 회동길 210
전자우편 nandatoogo@gmail.com **인스타그램** @nandaisart
문의전화 031-955-8865(편집) 031-955-2696(마케팅) 031-955-8855(팩스)

ISBN 979-11-88862-81-8 03810